致青春 110

別對我動心

（下）

翹搖　著

高寶書版集團

目錄
CONTENTS

第二十一章　想妳了

一秒前，岳千靈還在用灼熱的腦子思考怎麼圓這個話。

可是當他拖長尾音說出最後那兩個字，聲音酥癢地掃過耳膜，岳千靈就放棄掙扎了。

她抬頭望著顧尋，脫口而出：「那你還想勾引誰？」

話音落下，岳千靈見顧尋眸色深沉，才反應過來自己說了什麼，訕訕地別開臉，打算緩解一下此刻的氣氛，隨即轉移話題並且用很快的語速問道：「你過來就是為了問這個？那問完了吧我要吃飯了。」

說完她就要關門，心裡又急又臊，動作也有點急，根本不想給顧尋反擊的機會。

誰知他見岳千靈要關門，竟然就用手拉住了門框。

兩人的力氣懸殊到顧尋根本不怕岳千靈關門會傷到他的手指，往外一拉，連岳千靈整個人都跟著踉蹌了一下。

可當岳千靈反應過來發生什麼後，還是驚得瞪大了眼睛：「顧尋你瘋了？你的手不要了？」

門已經重新打開，顧尋鬆開手指，沒接她的話，直接問：「跟我出門一趟？」

岳千靈驚魂未定，盯著他的手看了好一陣子才把視線移到他臉上，「幹什麼？」

顧尋笑，朝她抬了一下下巴：「勾引一下妳。」

「……」

岳千靈第一次發覺，顧尋是知道自己的優勢的。

比如此刻，他就在利用自己的美色誘惑人。

偏偏岳千靈還很爭氣地被勾住了。

她像是被他感染了一般，抬起頭定定地看著他，努力讓自己看起來很鎮定地開口問：「怎麼勾引？」

顧尋沒想到她接了這話，似乎被問住了。撩眼看了一圈頭頂的燈，做出一副思考的樣子，說道：「先吃個午飯吧，之後要怎麼勾引再看看情況。」

岳千靈覷了他一眼，沒說話，轉身回了房間。

五分鐘後，她換上一件白色連衣裙走了出來。

進了電梯，岳千靈有點後悔，特別是發現顧尋一直在看她之後，那股悔意簡直要冒到頭頂了。

怎麼這麼招架不住呢。

人家說一起吃個午飯，她就跑回去換了一身裙子。

天知道她已經多久沒有穿過裙子了。

這不是太明顯了嗎。

岳千靈恨不得搧自己一巴掌，暗暗別過頭，狠狠掐一下自己的虎口。

這時，她聽到顧尋突然開口。

「千靈。」

「嗯。」岳千靈立刻擺出波瀾不驚的樣子，「怎麼了？」

顧尋垂頭看下來，視線落在她的裙邊上。

「妳這招叫做……師夷長技以制夷？」

「……」

血液一下子倒湧到臉上，岳千靈明顯感覺到自己的耳根開始發熱，連手心都有一股灼燙的感覺。

她想，這頓午飯可能沒辦法好好吃了。

事實證明，岳千靈的猜想是正確的。

這頓午飯確實能沒能吃好，但原因是顧尋在路上接到小麥的電話。

岳千靈不知道他們說了什麼，只是感覺顧尋渾身的氣壓瞬間變低了，連眉心也皺了起來。

掛掉電話，他抱歉地看向岳千靈。

「有事嗎？」岳千靈問。

「嗯，小麥打來的電話。」顧尋還握著手機，看了路邊川流不息的車流一眼，「他說我爸從樓梯上摔下去了，現在人在醫院。」

其實小麥還描述了當時的情況，他們聽到動靜出去看時，顧尋的爸爸滿臉都是血。

但是顧尋沒把這些話告訴岳千靈。

即便這樣，岳千靈整個人也跟著莫名一沉。

顧尋沒再說話，又播了個電話過去。

那頭沒人接，他的眉心便蹙得更緊，盯著手機不知道在想什麼。

岳千靈也不知道自己哪來的衝動，突然踮起腳，伸手摸了摸他的眉心。

想撫平他眉頭的沉重。

指尖觸碰到他肌膚的那一刻，顧尋整個人僵了一下。

就在昨晚，他還想著岳千靈不小心碰他一下他就躁動。

可現在，她主動伸手摸了摸他的眉心，不僅沒有躁動，反而讓他平靜了下來。

不過岳千靈只是輕輕摸了一下就有點不好意思地收回手。

「那你現在怎麼辦？」

顧尋面色沉重，想了一下，說：「我回去一趟。」

岳千靈點頭：「嗯，那你快去。」

她當時也沒想太多，以為顧尋嘴裡的「我回去一趟」只是開車幾個小時的事情。

卻沒想到顧尋立即打開了訂票軟體。

已經是中午十二點，不過顧尋運氣還算好，買到了當天下午三點的航班，晚上六點半就能到。

兩人匆匆吃了午飯，期間顧尋沒怎麼說話，之後直接動身去了機場。

飛機上無法通訊，顧尋聯絡不上任何人，沒辦法知道他爸的情況，只能睜眼看著窗外的雲層，一秒秒地數著時間。

可惜老天偏要跟他作對似的，飛機降落的時候遇到大霧，又在上空盤旋了半個小時。

七點，濃雲壓著天際，整座城市陷入霧濛濛的壓抑中。

顧尋終於落了地，打開手機，發現好幾通小麥的未接電話，心裡越發焦急，立刻打了個電話給他爸，結果還是沒人接。

此時艙門已經打開，乘客在走道上排隊準備下機。

顧尋沒帶什麼行李，空著手一路擠出去，期間回了個電話給小麥。

幾秒後，小麥接起。

聽到他那邊有點吵鬧，便問：『你在哪呢？剛剛打電話給你怎麼打不通？』

「在飛機上。」說話間，顧尋已經走出飛機，踏上通道，「我爸怎麼樣了？」

『噢，林叔叔他沒什麼事。』小麥以為顧尋是去出差或者旅行什麼的，沒聯想到他已經回來了，語氣比較輕鬆，『只是下樓的時候不小心摔了一跤，撞到鼻子流血了，結果他伸手一摸，搞得自己滿臉是血，我們還以為怎麼了呢。』

『然後就是腳踝扭傷了，敷著藥呢，其他也沒什麼，夏天穿得少，一些磕磕碰碰的皮外傷。你也別擔心，他都回家了，沒什麼事。』

在小麥說話的期間，顧尋的腳步已經慢了下來。

他站在人來人往的出口，沉沉地呼了一口氣。

八點，夜幕初垂。

顧尋還是回了這個闊別好幾年的老社區。

自從他跟著顧韻萍離開，仔細算算，差不多快五年沒回來過了。

他捏著那把陳舊的鑰匙，上樓的步伐有些沉重。

這幾年他和他爸見面的次數屈指可數，坐下來好好說話的時間更少，平時也沒什麼電話聯絡，對他的近況瞭解幾乎全靠小麥和駱駝閒聊中提起，只知道他離婚後徹底沒了束縛，過得比以前自由多了。

在這種情況下突然回家，顧尋產生一點類似近鄉情怯的情緒，不知道等一下該說什麼。甚至不知道這幾年他爸有沒有換過鎖，他還開不開得了這扇門。

這麼想著，他還是走上四樓。

鑰匙順利入孔，鎖被轉動的那一瞬間，顧尋鬆了口氣。

但下一秒，他打開門看見眼前那一幕，剛邁進去的一隻腿頓在原地。

客廳裡昏黃的吊燈全開著，麻將撞擊的聲音清脆響亮，林宏義背對著大門，和三個朋友圍坐在客廳中央，含著一根菸，正打得熱火朝天，笑罵聲不斷，絲毫沒有注意到門口站了一個人。

直到坐林宏義對面一個濃妝豔抹的中年女人胡了一把牌，仰頭笑了起來，才看見顧尋。她頭一偏，驚詫過後，「欸」了一聲，大喊道：「喲！小尋回來啦？」

林宏義聞言也跟著回頭，捏著一張牌的手懸在半空中，「你怎麼突然回來了？」

林宏義額頭上還貼著一塊紗布，鼻子上有一道紅痕，右腳架在一個小凳子上，腳踝被裹得像粽子。

即便這樣，也沒忘記他的麻將。

顧尋緊抿著唇，像是看見什麼髒東西似的別開了臉。

而林宏義沒等到顧尋的回答，便把手裡那張牌打了出去，才又回頭問：「你在那站著幹什麼呢？學校放假了嗎？怎麼突然回來了？」

顧尋站在門邊，看著這一幕，突然覺得有點可笑。

放假了嗎。

原來連他今年已經畢業都不知道。

顧尋嘴角勾起一抹自嘲的弧度，垂了垂眼，再抬頭時，已經沒什麼表情。

「回來拿點東西。」

說完，他穿過煙霧繚繞的客廳，朝自己房間走去。

林宏義想不明白，都幾年沒回來住過了，東西也早就清空了，怎麼突然又要拿東西。

於是他一邊洗牌一邊朝房間裡喊：「你還有東西留在這裡？」

在嘈雜的洗牌聲中，顧尋關上房間門。

離開這幾年，房間似乎沒什麼變化，傢俱沒有任何移動的跡象，只是床上早就沒了床單被套，堆放著大箱大箱的雜物。

書桌也塞滿了亂七八糟的袋子，上面落滿了灰。

他在房間裡站了一下，幾分鐘後，空著手走了出來。

「你忘了什麼東西？」林巨集義見顧尋出來，視線跟著他走，手上卻不忘砌牌，「找到了沒？」

顧尋丟下一句「沒找到」，也沒看林宏義一眼，直接朝大門走去。

「欸你這就走了？」

林宏義覺得許久沒見的兒子這次回來莫名其妙的，想起身攔一攔，奈何身上掛了傷。

等他一隻腿站起來時，顧尋已經反手關上了門。

「哎喲，孩子大了脾氣也大啊，瞧這冷言冷語的樣子。」

「兒子都是這樣，要不然怎麼會說現在的人都喜歡女兒呢，多貼心啊。」

「小尋不是在江城嗎？怎麼今天回來了？什麼情況？」

在朋友七七八八的說話聲中，林宏義重新坐下，把牌一碼，叼著菸含糊不清地說：「不用管，他從小就這樣，我都習慣了。」

夜裡九點多，岳千靈的線稿已經初具雛形。

她看了看時間，也不知道顧尋這個時候是不是還在醫院，他爸爸的情況嚴不嚴重。

躊躇了一下，岳千靈還是決定問一問他。

剛拿起手機，像是有心靈感應似的，彈出他剛傳來的訊息。

校草：『睡了嗎？』

糯米小麻花：『沒，你爸爸怎麼樣了？』

校草：『沒大礙。』

糯米小麻花：『那就好。』

她的手指停在螢幕上，思忖著再說點什麼。

不過還沒等她打字，顧尋又傳來訊息。

校草：『今晚江城有月亮嗎？』

糯米小麻花：『沒有啊，今晚下雨了。』

剛傳出去，他就打來了語音通話。

岳千靈沒有遲疑，立刻接通。

緊接著，聽筒裡傳來顧尋有些低落的聲音。

『沒有月亮，聽聽妳的聲音也行。』

岳千靈眸光微閃，盯著手機上那個頭像，輕聲問道：「你怎麼了？」

『沒怎麼。』

『只是，』他沉沉地說，『想妳了。』

第二十二章　初戀

顧尋不太記得他爸爸是什麼時候開始和家庭越走越遠的。

大概是七歲，或許是八、九歲。

總之在他開始記事的時候，父親這個角色便在他的生活中漸行漸遠。

直至現在，連記憶也開始模糊。

印象中關於父親最為清晰的記憶是小學四年級的一天，顧韻萍要去外地出差一週，打算拜託駱駝的父母幫忙照顧他。

那天林宏義晚上回來聽說這件事情，不滿地反對，覺得老是麻煩鄰居也不是辦法，自己家裡又不是沒人了。

那時候顧韻萍和林宏義的關係已經很差，雖然每次爭吵都刻意躲著顧尋，但他不是完全看不出來。

畢竟沒有哪家父母在飯桌上互相不說話的。

但或許是為了孩子，顧韻萍再一次讓步，選擇相信林宏義。

而且顧尋也不是一個費事的孩子，照顧他無非就是放學回家煮一頓飯，晚上熱點牛奶，其他的事情根本不用操心。

於是顧韻萍把一整週要吃的蔬菜、牛肉以及雞蛋牛奶都準備好放在冰箱裡，又把每天需要做的事情細細寫成一份清單交給林宏義後，才拖著行李箱離開了家。

人剛走，林宏義就把清單隨便扔到桌上，大剌剌地往沙發上一坐，對顧尋說：「兒子，這幾天爸爸做飯給你吃，週末帶你去科教館。」

其實那兩年林宏義回家的時間已經越來越晚，也和顧韻萍分床而睡，他就像個酒店旅客一般，只把這裡當睡覺的地方，一個月下來顧尋和他都碰不上幾次面。

所以他這麼一說，顧尋暗自興奮了一個晚上。

結果第二天下午，顧尋放學回來，卻沒見著林宏義的人。

顧尋以為他只是路上耽誤了，總會記得回來煮飯。

然而就這麼等到了夜裡十點，別說人影了，連個電話都沒有。

雖然年紀小，但面子也是要的，顧尋沒想過再去鄰居家蹭飯，這個時間點也挺麻煩。

於是他吃了一週的泡麵，還安慰自己，大人總是忙的，要賺錢養家。

畢竟還惦記著週末的約定。

也是因為抱著對科教館的期待，顧韻萍每天晚上例行打電話問顧尋吃了什麼做了什麼，他都下意識撒了謊，害怕顧韻萍又跟林宏義爭吵，把他最後一點期待擊碎。

到了禮拜天，林宏義睡到中午起來，看顧尋穿得好好得坐在沙發上看著他，才想起了承諾過科教館這回事。

這次他不想失約，父子倆一人吃了一碗泡麵就開車出門。

只是逛了十幾分鐘，林宏義就覺得無聊了，中途又接了一通電話，半推半就地說了幾句話，轉頭告訴顧尋自己有點工作上的事情要處理，讓他自己玩一下，下午六點來接他。

顧尋也信了。

不過下午六點他並沒有等到林宏義。

找路人借了手機打電話，對方也沒有接。

雖然心裡已經有了答案，但顧尋那天特別執拗，一個人在門口等到九點。

最後還是保全看不下去了，騎著摩托車把他送回家。

顧尋剛進門沒多久，顧韻萍出差回來了，她看見兒子跟平時一樣一個人在房間裡看書，也沒多想。

直到她去廚房，發現冰箱裡的蔬菜都爛了，而垃圾桶裡則堆滿了泡麵碗。

那天晚上，顧韻萍終於爆發，激動的情緒下忘了刻意躲著顧尋。

他在房間裡把父母的爭吵內容聽得一清二楚。

顧韻萍罵林宏義嗜賭成性，成天只知道打牌，輸光了家裡積蓄不說，連兒子也不管了。

顧尋這才知道他爸每天不回家的真正原因。

而後，他清晰地聽見林宏義拍著桌子怒吼：「妳好意思怪我？我他媽當初讓妳去做手術，結果妳非要生下來！要不是因為孩子，我能放棄去國外做生意的機會？人家現在回來都是大老闆而我他媽還是個業務員！我這輩子都被你們母子倆禍害了！」

顧韻萍沒想到林宏義會這麼說，整個人目眥欲裂，但第一個反應還是主動休戰，並悄悄推開顧尋的房門觀察他有沒有被吵醒。

看到顧尋安然地閉著眼睛，她才鬆了一口氣。

然而她並不知道，林宏義那天晚上說的話就像魔咒一般，在顧尋耳邊縈繞了好多年。

雖然年紀小，很多事情沒聽說過，但他能從前後語境推測出「做手術」是什麼意思。

原來，他的出生對林宏義來說不僅不是驚喜，還是個禍害。

在那之後的很長一段時間，顧尋一看到林宏義，腦海裡總會迴響起那句「我他媽當初讓妳去做手術」。

每當他試圖靠近林宏義時，那句話就像一隻冷冰冰的手摸一下他的心口，冰涼的觸感頓時拉扯住他所有的衝動。

所以──

有人說這世上只有父母會無條件地愛你，根本就是倖存者偏差。

只有被愛的人才有資格這麼說。

顧尋是那個不幸者。

在他這裡，血濃於水和愛不愛，根本沒有半毛錢關係。

顧尋在樓下站了好一陣子才拉回思緒。

他不想去打擾小麥或者駱駝，顧韻萍此刻恐怕也已經睡了。

他在這座熟悉的城市走了許久，最後進了一家酒店。

明明是自己生活了十幾年的地方，卻讓他找不到一點歸屬感。

看著窗外濃稠的夜幕，他忽然很想念江城的那輪明月。

岳千靈接到顧尋電話的時候就感覺到他的情緒不太好，不過她也不意外。

誰的爸爸受傷了還能嬉皮笑臉。

只是當她聽到顧尋說想她了，心頭還是莫名一震。

那一刻，她才知道原來一句「我想你」比「我喜歡你」的能量強大得多。

足以讓她沉溺在失重的旋渦中，差點下意識回答一句「我也有點想你」。

但話到了嗓子眼，卻變成了：「你什麼時候回來？」

說出這句，岳千靈突然覺得還是有點不合時宜。

人家爸爸受傷了在醫院，她卻好像在催他趕快離開似的。

於是立刻補充：「不著急的話就多陪你爸爸幾天再回來吧。」

顧尋沉默片刻，低聲說：『其實我有點急。』

「啊？不是說沒大礙嘛？」岳千靈以為他爸爸的情況有點嚴重，便忙著寬慰他，「呃……可能爸爸年紀大了點恢復得慢一些而已，別擔心。」

半晌，顧尋才很輕地『嗯』了一聲，『他確實沒什麼事。』

岳千靈又說道：「反正前段時間你都沒怎麼休息，請幾天假應該也沒什麼關係。」

顧尋還是『嗯』。

岳千靈第一次發現顧尋有這麼溫順的時候，不管說什麼他都應著，還跟她閒聊很久，沒什麼主題，想到哪裡說哪裡。

這通電話持續了一個多小時，直到岳千靈提示睡覺的鬧鐘響起，兩人才掛了電話。

躺上床，岳千靈還有點意猶未盡。

不知道為什麼，這個晚上竟然讓她覺得她和顧尋好像……在談戀愛。

第二天一早，岳千靈睜眼，手機裡已經躺了一則訊息。

校草：『醒了沒？』

岳千靈俯身趴在床上，嘴角彎了彎。

糯米小麻花：『醒了。』
糯米小麻花：『你怎麼醒這麼早？』
校草：『生理時鐘作祟。』
糯米小麻花：『噢，吃早餐了嗎？』
校草：『正在吃。』
糯米小麻花：『嗯，我也準備去吃了。』
校草：『我吃牛肉麵。』
校草：『很辣。』
校草：『油也有點重。』
岳千靈有點開心，同時又覺得有點幼稚。
糯米小麻花：『你不必把這些都告訴我。』
校草：『唉。』
校草：『我連牛肉麵裡有幾片牛肉都想告訴妳。』
「……」
岳千靈覺得自己完了。
因為這一句話，她居然捧著手機笑了好一陣子才起身去洗漱。

要出門時，她一邊換鞋，一邊想到未來幾天都會是自己一個人上下班，竟然還有點不習慣。

唉。

不能這樣。

岳千靈突然伸手拍了拍自己腦袋。

人才離開不到二十四小時，沒必要沒必要。

收回神思，岳千靈迅速換好鞋，並伸手去按門把。

門一推開，眼前卻出現一個人影。

岳千靈當即愣住，眨了眨眼，以為自己出現幻覺。

顧尋站在她門口，還穿著昨天離開的衣服，孑然而立，清晨的陽光也不能掃清他身上的風塵僕僕。

他臉上疲態盡顯，垂眼看著她，眼神雖然溫柔，卻沒有往常那股意氣風發的姿態。

莫名有點像一隻淋雨歸家的小狗。

「你……」岳千靈徐徐開口，「回來了？」

顧尋「嗯」了一聲，「剛剛在樓下吃了早飯。」

「……」

岳千靈有點茫然，目不轉睛地盯著顧尋。

原來他剛剛傳訊息給她的時候已經到了樓下。

可是現在才八點二十，岳千靈按時間推算能知道他應該是坐了半夜的紅眼航班回來的。

不是說多陪他爸爸幾天嗎？

怎麼一個晚上都沒待就回來了？

岳千靈：「怎麼這麼快就回來了？你不多留幾天嗎？」

「沒必要。」

顧尋有點累，一隻手插在口袋裡，說話的聲音沒什麼力氣。

他沉沉地呼了一口氣，「這一趟回去挺不值的。」

岳千靈不知道顧尋這一晚經歷了什麼。

但是她想到媽媽不久前還叮囑她，顧尋的父母關係不太好，讓她不要去揭人家的傷疤。

所以岳千靈按住想細問的衝動。

可是她此刻分明能清晰地感覺到顧尋渾身的低氣壓正把他壓得喘不過氣。

明明高大挺拔的少年，這時看起來卻有點脆弱。

岳千靈感覺自己的行為又有點不受控制了。

她怔怔看著顧尋，輕聲開口：「你彎一下腰。」

顧尋目光微動，顯然不明白岳千靈什麼意思。

但他還是依言彎腰。

岳千靈抿著唇，慢吞吞地伸出雙手，越過他的肩膀，然後環抱住他。

懷裡的人明顯一怔。

岳千靈也是第一次抱同齡異性，她不知道要做到什麼程度。雙手有點僵硬地輕碰他的背，不知道要不要再用力一點。

就在她猶豫的這一秒，懷裡的人回過神了。

然後突然抬起雙手，反客為主，將她緊緊抱在懷裡。

隨後，岳千靈感覺到顧尋的頭埋在她的頸窩，深深地吸了一口氣。

兩人安靜地擁抱著。

聲控燈不知什麼時候熄滅了，昏暗的走道裡，岳千靈看不見顧尋的表情，只是感覺到他把自己抱得越來越緊，但呼吸卻越來越平穩。

不知過了多久，她才聽見他低聲在她耳邊說話。

「嗯，現在值了。」

每週一早上，總有許多從周邊開往市中心的通勤車輛，把馬路擠得水泄不通。

岳千靈走出地鐵站的時候，耳邊響起此起彼伏的喇叭聲，還有送外送的機車在路邊亂竄，有點煩人。

出門的時候耽誤了一下，時間不早了，岳千靈心裡又想著事，腳步走得急，一時間沒聽到有人喊她。

直到黃婕一路小跑上來拍了拍她的肩膀，「想什麼呢這麼入神，喊妳好幾聲了。」

岳千靈回神，側頭看了黃婕一眼，淡淡地說：「沒什麼。妳今天沒開車？」

「週一塞車嘛，我坐地鐵來的。」黃婕和岳千靈並肩走著，往她身旁打量了一圈，「一個人啊？顧尋呢？」

岳千靈「噢」了一聲，「他家裡有點事，今天請假了。」

「家裡有事？」黃婕心想難怪看岳千靈的神色不太好，「問題不大吧？」

「他爸爸腳受傷了，問題不大。」

岳千靈說完便嘆了口氣。

比起這個，她更在意顧尋今天回來後，整個人失落不堪的狀態。

「那就好。」黃婕拍拍她的手背，「妳也別太擔心，現代醫學多發達呀，腳受傷沒什麼大問題。」

「嗯，我知道。」

岳千靈順著她的話應了，心思還在顧尋那裡，也沒覺得她們的對話有哪裡不對勁。

忙忙碌碌一整天，做完了手頭上的事情的人開始收拾東西準備下班，還要忙一陣子的人則開始商量晚上吃什麼。

岳千靈和衛翰聊了一下午線稿的細節，沒什麼疑問，便準備回家再畫。

收拾東西的時候她突然發現黃婕她們好像在聊什麼聚餐地點。

岳千靈聽了一耳朵，以為自己最近太忙了遺漏了什麼資訊，便問道，「這週有聚餐嗎？」

尹琴回頭對她眨眨眼，笑得意味不明，「我們週末是有個聚餐，不過跟妳沒什麼關係啦。」

這話讓人挺不舒服的，但岳千靈本來也不喜歡聚餐，便沒說什麼。

只是黃婕聽尹琴把好好的一件事說得陰陽怪氣，連忙補充：「也算不上什麼正式聚餐，就是有個友司找我們聯誼聚餐，聯誼妳懂吧，不過妳有男朋友，所以我們才沒叫妳。」

岳千靈：？

她的喉嚨像是噎住了，想說什麼，卻找不到準確的措辭。

雖然黃婕沒明說，但岳千靈聽到「男朋友」三個字，下意識把它和顧尋聯想在一起。

似乎大家都默認她和顧尋是情侶了，但只有當事人知道他們至今最親密的接觸不過是一個擁抱。

這種情況下，她總不能兀自在外默認這一點。

萬一呢……

岳千靈也不知道自己擔心的這個「萬一」是什麼。

好一陣子，她才皺了皺眉，低聲說道：「誰說我不是單身了。」

「啊？」

四周幾個同事把目光集中到她身上，彷彿不相信自己聽見的內容一般。

黃婕還在想著是不是鬧了個大烏龍，尹琴便挑明了問：「顧尋不是妳男朋友啊？」

岳千靈垂眼，繼續收拾東西，平靜地說：「不是啊。」

幾個同事面面相覷，覺得有點尷尬。

但尹琴顯然沒有這種情緒，她笑了笑，「看來是我們誤會了，還說妳每天往第九事業部跑是因為找男朋友呢。」

原來她什麼都不知道呢。

岳千靈睨她一眼，「我是去工作。」

果然，尹琴一聽到這兩個字便睜大了眼，「工作？」

整個小組的人雖然都以為岳千靈和顧尋是情侶，不過卻是從他們平時總是同進同出推測出來的。

至於第九事業部這一點，他們清楚其中的情況，但竟然都默契地沒有和尹琴提起過。

這時尹琴發現只有她一個人被蒙在鼓裡，像是被排擠了一樣，面子上不太過得去，強顏歡笑道：「原來是這樣，看來我們都誤會了。」

岳千靈沒再說什麼，拿著包包下了樓。

這個時候電梯挺多人，岳千靈是最後一個擠進去的，站在最前方，也沒注意身後站了哪些人。

直到電梯抵達一樓，她剛跨出兩步，突然聽見有人叫她。

岳千靈回頭，見宿正隨著人群走出來，腳步有點急。

「怎麼啦？還有什麼吩咐？」

聽到「吩咐」兩個字，宿正倏地笑了，「我跟妳之間只能談工作？」

「我就隨口那麼一說。」岳千靈笑，「你不是下班了嗎？怎麼沒去停車場？」

「反正回家也是一個人，打算吃了飯再回去。」宿正朝她抬抬下巴，「一起？」

岳千靈本來也打算先吃了飯再回去，便點了頭。

兩人一起進了一家餐廳，點菜的時候，岳千靈想到顧尋一個人在家，也不知道他有沒有吃晚飯，便傳訊息給他。

糯米小麻花：『你吃晚飯了沒？』

顧尋沒有立刻回訊息。

放下手機，岳千靈繼續看菜單，宿正突然問：「週末有個聯誼聚餐欸，妳去嗎？」

岳千靈想也沒想就說：「不去。」

宿正：「嗯？妳不是沒男朋友嗎？」

又提到「男朋友」，岳千靈倏地抬眼，頓了片刻，說：「嗯，但聯誼什麼的也不需要。」

「也是。」宿正笑笑，「不過妳是不是有喜歡的人了？」

岳千靈目光一滯，還沒想好怎麼回答，手機突然震動一下。

她立刻解鎖，螢幕上是顧尋的聊天畫面。

校草：『沒。』

校草：『妳要回來陪我吃嗎？』

糯米小麻花：『也不是不行。』

校草：『24583。』

糯米小麻花：『？』

校草：『我家密碼。』

她打字的時候，宿正恰好瞥見螢幕。

他跟顧尋也有好友，自然知道那個頭像是誰。

傳完後，岳千靈重新抬起頭，思忖著要怎麼回答剛剛的問題。

正要開口，宿正卻垂著眼，伸手撈起菜單，笑著說：「行了，妳不用說了，我知道了。」

「……」

她慢吞吞地揚起視線，看向宿正。

原本以為他也要去參加聯誼什麼的只是隨口一問，但此時的回答，卻讓岳千靈覺得他好像帶著另一層意思。

於是，岳千靈清晰又篤定地「嗯」了一聲。

也不知道自己是不是想多了，但這個回答，總歸沒錯。

只是回去的路上，岳千靈心裡有點說不上來的雜亂。

前有同事誤會她和顧尋已經是情侶，後又有宿正追問她是不是有喜歡的人了。

她彷彿處於進也不是，退也不是的獨木橋上。

再想到今天早上那個長達二十分鐘的擁抱後，岳千靈心裡更是不上不下。

像是踩在一個懸空的浮板上，一開始會喜歡這種似是而非的懸空感，但時間久了，總會不踏實。

思及此，岳千靈突然有點著急。

想要踏實感，想要清清楚楚的回答。

可是——

岳千靈垂了垂腦袋。

顧尋又沒有急著要她給答案，她總不能自己突然跑去跟他說「我答應你我們談戀愛吧」。

唉。

岳千靈嘆了口氣，拎著幫顧尋帶的晚飯緩慢地朝家走去。

電梯裡，她傳訊息給顧尋說自己到了，他沒回。

於是岳千靈直接朝他家門口走去。

抬手按密碼時，她突然看見門上好像貼了一個小紙條。

那次被跟蹤的恐懼感捲土重來，岳千靈立刻緊張地環顧四周。

確定沒什麼人跟上來後，她才鬆了口氣，再抬頭，發現那個小紙條好像有點特別。

不是小廣告，而是手寫的內容。

『鄰居您好，我是住在這一棟十七樓的住戶，我經常在電梯裡遇見你，對你很有好感。今天中午見你回家，本想和你說話，但是跟出來後見你的精神不是很好，遂作罷。在不打擾你的情況下，希望能跟你認識一下，我的聊天帳號是：trae19981212。』

沒開燈，窗簾也拉著，整個房子陷入冥冥昏暗中，只有一絲微光透過窗簾縫隙映在沙發上。

室內安靜得只有冷氣運作的聲音。

她皺著眉把小紙條撕下來，揉在掌心後，才推門進去。

岳千靈：「……」

而顧尋躺在沙發上，正閉眼睡覺。

岳千靈輕手輕腳地走過去，把他落在地上的手機撿起來放好後，想叫醒他。

但她一低頭看見顧尋平靜的睡顏，突然有點不忍心吵醒他。

站了幾秒後，岳千靈慢吞吞地蹲了下來。

她的視線一寸寸地掃過他的臉，最後落到他濃密的睫毛上。

因為他睡著了，岳千靈才能這樣肆無忌憚地長時間打量他。

不怕被別人發現，也不怕被他本人發現。

不知過了多久，岳千靈感覺自己的腿都麻了，卻還是不想移開視線。

半晌，她想到門上貼的小紙條，便伸出手輕輕地戳一下他的臉頰。

「狐狸精，到處勾引人。」

話音一落，顧尋的睫毛輕輕顫抖了一下。

岳千靈心裡一驚，立刻起身。

但是她長時間蹲著，在站起來的那一瞬間雙腿沒知覺，整個人一趔趄，又朝沙發倒去。

還好她的肢體還算協調，即將倒在顧尋身上時雙手及時撐住了沙發。

動作穩住的那一刻，岳千靈的雙眼直愣愣地看著和她距離只有兩公分的顧尋。

呼吸也在那一瞬間屏住。

許久，確定顧尋沒被驚醒後，岳千靈才細細地呼出一口氣。

好險，差一點。

可不知怎麼的，她維持著這個姿勢，久久沒有起身。

在唯一的光束徐徐從沙發移到顧尋臉上時，岳千靈吞咽了一下。

反正也沒醒。

反正他什麼都不知道。

那……

岳千靈就這麼鬼使神差地低頭，在顧尋側臉落下輕輕一吻。

第一次偷親人有點緊張，岳千靈呼吸紊亂，眉頭緊蹙，只是沾了一下就立刻離開。

然而她剛抬起頭，沙發上的男人倏地睜開眼。

四目相對。

他眼裡還帶著朦朦朧朧的睡意，惺忪地看著岳千靈，似乎並不知道發生了什麼。

但岳千靈的意識非常清晰。

在顧尋睜眼的那一秒，她覺得自己的臉在一秒之內到達沸點。

燒得她連嗓音都啞了。

「我、我不小心的。」

說完，她雙手一撐，就要站起來。

下一秒，顧尋抬手穿過她的腰，把她往懷裡一按，抱著她順勢一個翻身。

天旋地轉間，岳千靈被他壓在沙發上，未反應過來上一秒還睡眼惺忪的人竟在眨眼間變得如此強橫。

緊接著，顧尋便低下頭，吻住她的唇。

岳千靈原本想要掙扎的手頓在半空，雙眼倏地睜大。

可是他的吻卻很溫柔，在她唇上徐徐輾轉。

時間彷彿在這一刻靜止，岳千靈依然睜著眼，視線裡全是他的臉，卻不敢相信唇間的灼熱是否真實。

直到一股濡濕的觸感傳到她的唇間，岳千靈像是渾身觸電一般，全身的感官細胞瞬間沸騰，從頭到尾僵住了。

片刻後。

顧尋皺著眉，雙唇微分，用低到幾乎是一陣氣似的聲音說。

「妳張嘴啊。」

岳千靈感覺自己已經完全失去了思考能力，像一個只會聽指令的機器人。

她唇齒一鬆，口中空間頃刻間被攻掠，那股讓她酥麻的濡濕觸感大面積襲來。

他的唇舌柔軟滾燙，分明只在分寸之地攪弄吸吮，卻輕易地撩動她每一根神經。

岳千靈從來不知道接吻竟然是個力氣活。

她的手漸漸地連支撐的力氣都沒有了，緩緩落在顧尋的背上。

這小小的舉動卻像刺激到他似的，更加深入地吻她。

好一陣子過去，岳千靈在纏綿中拉回一點意識，才想起自己應該閉眼。

可是當她閉上眼簾，聽覺竟然在同一時刻放大。

顧尋的喘聲在她耳邊起伏，時不時夾雜著喉嚨裡溢出的悶哼。

讓岳千靈覺得……

怎麼接個吻都這麼色情！

不知道過了多久，當岳千靈感覺自己的呼吸有點困難的時候，顧尋終於停下。

他撐著岳千靈腦邊的沙發，輕輕啄一下她的嘴角。

「我也是不小心的。」

岳千靈：「……」

有誰能不小心到來一個舌吻？

可是她現在沒有說話的力氣。

緊緊閉著眼，好一陣子，她才有勇氣睜眼面對他。

看著他帶了點水汽的雙眼，岳千靈的手指輕輕動了動，然後攥緊他的衣服。

「我……」

「等等。」顧尋突然打斷她，「讓我來說。」

岳千靈預感到他要說什麼，手指鬆了鬆，又攢緊。

「第一次被女生親。」他彎了彎唇角，「妳要對我負責。」

岳千靈：「……」

就在她有點羞惱想立刻起身時，卻發現身前的人根本推不動，像一堵牆。

「岳千靈。」顧尋就這樣俯身看著她，神情忽然變得嚴肅，「其實我是想正式地告訴妳，以前的林尋喜歡妳，而現在的顧尋也喜歡妳。」

「我自己也花了一點時間來接受這件事，但不重要，總之此刻妳面前的這個人，他真的很喜歡妳。」

當最後一個字落下時，岳千靈感覺自己像從是飄飄搖搖的雲端墜入一片柔軟卻安穩的溫床上。

她心裡的所有不確定，距離變成確定，只有一線之隔。

岳千靈的手依然緊緊攥著他。

「很喜歡……是多喜歡？」

混沌的客廳光線中，岳千靈看見顧尋的眸光漸深。

「這個問題我沒辦法回答妳。」

「噢……」

岳千靈鬆開了手，想儘量不在意，可還是忍不住想鑽這個牛角尖。

她被無視過，被拒絕過，這些都是客觀存在的事實。

沒有得到足夠的喜歡，她或許還是很難將自己擺在和他對等的位置。

「那好吧——」

「這種非客觀的事情，從來沒有人發明刻度標準。」顧尋打斷她，緊緊盯著她的雙眼，

「我也沒辦法拿出參照物跟妳做對比。」

「因為我長這麼大，」在說這句話的同時，他目光柔和下來，像一汪溫泉，溺住了眼裡的少女，「沒喜歡過別的女生，只喜歡妳一個。」

說完，他埋下頭，像是有些不好意思一般在岳千靈耳邊蹭了蹭，喃喃道：「剛剛不是說了嗎，妳是我的初戀。」

別對我動心（下）　042

第二十三章　女朋友

烏金西墜，最後一絲光亮也被被吞噬乾淨，房間裡澈底陷入將夜的昏暗。

兩人維持著這個姿勢，久久沒動。

岳千靈的手還靠在顧尋背上，他的頭髮蹭得她的臉頰有些癢。

不過她不在意，滿腦子還在迴盪那句「妳是的我初戀」。

喜悅感像濃墨滴進水中，在岳千靈全身迅速蔓延開來。

她發現自己好像有點虛榮，得知顧尋從來沒有喜歡過別的女生，竟會溢出莫名的滿足感。

唉，這樣不太好。

於是岳千靈在黑暗中舔了舔唇角，低聲說：「我也是。」

「什麼？」顧尋抬起頭，「妳也是什麼？」

兩人的身體只有一拳之隔，他的呼吸也拍在岳千靈臉上，引起一陣陣灼熱。

雖然燈光黑暗，但岳千靈明顯感覺到他的灼灼目光落在自己臉上。

有點不好意思。

「沒什麼。」岳千靈推了推他，轉移話題，「你還不起來，想悶死我？」

顧尋深吸一口氣，卻沒有要起身的意思。

「我這是，」他頓了一下，「還在等妳的答案。」

「你都——」

嗓子裡的話已經要脫口而出，遲來的羞恥感又把它堵了回去。

岳千靈眨了眨眼，看向別處，昂著下巴試圖讓自己看起來更有氣勢。

「你都這樣了……還好意思徵求我的意見？」

顧尋沒聽出她的畫外音，以為她是在指責自己強吻這件事，便笑了笑。

「講點道理好不好，是妳先偷親我，我不能親回來？」

岳千靈憋紅了臉，說不出反駁的話。

「而且……」顧尋手肘下壓，上半身和她貼到一起，垂下頭，在她耳邊低聲說，「上次我警告過妳，再碰我一下，就不是親一下額頭能解決的了。」

岳千靈還不習慣聽到他說這種話，不知道怎麼坦然回應，下意識伸手故意拍他的背，「你這麼不經碰？」

「對啊。」顧尋反手抓住她亂動的手腕，「妳不知道嗎，我們這個年紀的男人……」

他刻意停頓了一下，拖著她的手慢慢壓向自己腰間，沉聲道：「欲望都很強。」

「……」

即便是深吻，也沒有讓岳千靈產生這種腦子轟然炸開的感覺。

她慌亂地抽回自己的手，用力一推，逃似的蹬腿坐了起來。

顧尋也沒想著要壓制她多久，沒什麼防備，被她推到沙發另一端後，索性斜坐了下來。

但看著岳千靈急著離開沙發，顧尋一抬腿，跨到茶几邊，攔住她下去的動作。

岳千靈只好半坐在沙發上，鼓著眼睛看著他。

「你還想幹什麼？」

「等妳的答案啊。」顧尋偏著頭，直勾勾地看著她，「要不要跟我，談戀愛？」

雖然岳千靈感覺自己等這句話很久了。

在遙遙觀望他時候，也幻想過很多次他說這句話的模樣。

但真的從顧尋嘴裡說出來時，她依然覺得整個人飄飄然，很沒有真實感。

夕陽不知什麼時候完全沉了下去，客廳裡昏暗如夜，更加劇了這種縹緲感。

感覺像在做夢。

甚至有可能一醒來，全世界又回到那個只能和他擦肩而過的時候。

在這種意識驅使下，岳千靈不自覺地抬起手，摸了摸他的下頜。

顧尋愣了一下，不知道她在幹什麼，安靜地讓她摸。

他的臉好像有點燙，灼熱的觸感徐徐從從掌心傳達到心尖時，岳千靈陡然回神，終於意識到這一切都是真的。

同時，她看見顧尋帶著不解的眼光，恍然意識到自己現在這個行為看起來有多傻。

就在她要收回手時，顧尋問：「妳摸什麼呢？」

欸我靠。

別是被他看出來自己那個傻乎乎的想法了吧。

「我是在看——」岳千靈目光微閃，「你的臉疼不疼。」

「……」

見他無言，岳千靈壓住想要笑的衝動，一字一句說：「當初可是你自己說的，不會喜歡我，永遠不會喜歡我，我根本不是你喜歡的類型。」

僵持幾秒後，顧尋嗓子裡悶哼一聲，微微垂頭，就著這個姿勢，用自己的下頜蹭了蹭她的掌心。

「我那時……不知道是妳。」他沉沉嘆了一口氣，又說：「其實妳分明知道，我一直喜歡妳。」

嗯。

好像是知道的。

至此，岳千靈覺得自己沒什麼要問的，也沒什麼要說的了。

她嘴角彎著準備收回手。

剛抽離，顧尋卻按住她的手，依然緊緊貼在自己臉邊。

「妳親也親了摸也摸了，不對我負責？」

岳千靈垂下眼，不去看他。

「知道了，會對你負責的。」

「那你現在是我的……」顧尋問。

岳千靈聲音小小的，一個字一個字往外蹦。

「女、朋、友。」

「嗯，女朋友。」

說完，他看著岳千靈，倏地笑了起來，然後拉過她的手，輕吻她的指尖。

岳千靈還沒辦法坦然習慣這樣親密的接觸，像被燙了一下似的收回手。

下一秒，她察覺到哪裡不對，又伸手去摸他。

顧尋有點無奈，「還沒摸夠？光摸臉也挺沒意思的，要不然妳再摸摸其他地方？」

「……閉嘴。」岳千靈手掌上移，輕輕貼一下他的額頭，「你怎麼這麼燙？」

見顧尋沉默，岳千靈想到什麼，突然俯身湊近，仰頭看著他的眼睛。

「原來你剛剛這麼緊張啊？」

臉都燙成這樣。

顧尋輕笑一聲，起身去開燈。

白光從頭頂照下來那一刻，岳千靈看見顧尋的臉確實有點紅。

但紅得不正常，有點病態。

「你……」岳千靈遲疑地問，「是不是病了？」

「或許是吧。」

顧尋俯身撈起桌上的杯子，去廚房倒熱水。

岳千靈盯著他的背影看了好一陣子，才驀然回神，連忙問道：「中暑了還是怎麼了？要不要去醫院？」

「不用，大概是這兩天有點累。」

說話間，顧尋已經倒好熱水走了回來，坐到岳千靈身邊，一仰頭便喝了大半杯。

這時候岳千靈才後知後覺他的臉色確實有點蒼白。

想來也是，這幾天他本來就沒怎麼休息好，昨天急急忙忙趕回家，半夜又坐飛機回來，幾乎一夜沒睡。

此刻冷氣開得那麼低，岳千靈想到他剛剛就在沙發上這麼睡著，不病才怪。

於是岳千靈起身朝身後的櫃子走去。

上次買的藥還在，不過已經整整齊齊放在盒子裡。

岳千靈挑選幾樣，放到桌上，又指指她帶回來的晚飯。

「你先把飯吃了，不然等一下涼了，還有感冒藥記得吃，不行的話還是要去醫院。」

顧尋說好，岳千靈便站了起來：「那我回去了。」

「嗯？」顧尋抬頭，眼裡帶了點驚詫，「這就回去了？」

「嗯。」岳千靈彎腰把桌上的包拿起來，「我還要畫線稿。」

許久，顧尋才低低地「噢」了一聲。

「那你早點睡。」

「噢。」

其實岳千靈感覺得到顧尋有點失落。

生病的他好像特別黏人。

可是岳千靈這時還沒適應她和顧尋的關係，不知道留下來要做什麼。

而且她確實有工作要忙。

回到家裡，岳千靈感覺自己渾身還是有點熱，連忙洗了個澡。

溫熱的水兜頭而下，卻壓不住岳千靈飄飄然的心情。

她淋了許久，直到浴室裡的氧氣稀薄到有些喘不過氣後才出來。

站到洗手檯前，她一邊擦頭髮，一邊望著鏡子裡的自己，莫名其妙笑了起來。

顧尋是她的男朋友了。

竟然不是夢。

想到這個稱呼，她心裡像有羽毛在撓癢似的，想跟所有人分享，但又有點不好意思。

磨蹭半天，她打開社群動態，發了四個字。

——『我拔草啦。』

過了一陣子，她再打開手機，好幾個朋友問她拔草什麼了，是不是買了什麼好東西。

岳千靈勾了勾唇角，沒回。

一更新，發現動態裡出現一個熟悉的頭像。

顧尋也發了他的第一則動態。

——『摘花。』

雖然兩人有不少共同好友，但都是公司裡的同事。

沒頭沒尾的兩則動態，沒有人會聯想到一起。

只是岳千靈自己做賊心虛，總覺得他們表現得好像太明顯了，別人說不定一看就知道怎麼回事。

所以第二天她照常和顧尋一起去公司的時候有點心不在焉，總想著別人要是來問，她要怎麼回答。

第一次面對這種情況，她沒什麼經驗，覺得很不好意思。

可是顧尋顯然沒這種顧慮，一下了車，他很自然地牽住岳千靈的手。

「欸等等。」岳千靈彆彆扭扭地抽出自己的手，張望四周，小聲說：「低調點好嗎？」

顧尋知道她在想什麼，沒再堅持，但有點不爽。

「我很見不得人？」

「那倒不是。」岳千靈手指蜷起來，撓了撓自己的掌心，「我只是有點不好意思。」

「……」

顧尋不知道該說什麼，有點氣，但又想笑。

「好吧。」

兩人跟平時一樣，保持著適當的距離一起進了電梯。

直到分開，也沒什麼過密的舉動。

不過看著他的背影，岳千靈是有點心虛的。

唉。

可是能怎麼辦呢。

她也是第一次談戀愛，實在做不到確定關係第一天就大搖大擺地和男朋友手牽著手走進所有同事的視線裡。

正愁著，她就收到宿正的訊息，讓她去第九事業部開個會。

岳千靈連忙把自己的東西放下，和黃婕說了一聲便帶著電腦手機上了樓。

去美術部門的會議室必定會經過開發部門。

不過顧尋平時喜歡一個人待著，並不經常待在大廳裡，即便岳千靈這段時間經常過來，但如果不是他刻意找她，兩人基本上是碰不到面的。

但今天好像有點特殊。

岳千靈剛進去沒幾步，就見顧尋和幾個同事有說有笑地迎面走來。

一和他對上目光，岳千靈便有點不自然地低下頭。

而同行的易鴻渾然未覺她的異常，老遠就跟她打招呼。

「早啊，吃早飯了沒？」

岳千靈只是點了點頭，朝他笑了笑便抱著電腦埋頭從他們身邊越過。

「欸？」易鴻覺得有一點點奇怪，轉過頭看她背影，「她是不是被衛翰壓榨傻了，怎麼一副呆呆的樣子。」

顧尋抿著唇笑，把易鴻的頭掰回來。

「再看，把你眼睛挖了。」

也不知道是墨菲定律再一次在自己身上試驗，還是顧尋故意的，岳千靈總覺得這個早上她和顧尋碰面的機會特別多。

去茶水間的時候會遇到，去洗手間的時候他剛好也出來。

就連去列印圖稿，都會遇到他在用印表機。

四周一直有很多同事在，兩人便一直沒怎麼說話。

直到午休時間。

岳千靈剛闔上電腦，便收到了顧尋的訊息。

校草：『門口等妳。』

她暗自笑了笑，拿著手機走了出去。

遠遠看見顧尋站在那裡，她刻意放緩腳步，不想表現得太明顯。

結果在距離顧尋還有幾步距離時，易鴻和幾個男生不知道從哪冒了出來，「嗖」一下就躥到顧尋面前，並勾住他的肩膀。

「吃飯吃飯，我們去吃頓好的！」

那幾個男生岳千靈不認識，見此狀，她只好默默地改了方向，朝另一邊的電梯走去。

然而經過消防通道大門時，背後突然響起一陣腳步聲。

她還沒來得及回頭，就被人拽進一旁的消防通道裡。

這一切來得太快，岳千靈還沒反應過來，人就已經被顧尋抵在門上。

她重重地喘了口氣，清楚地聽到外面的人在說話。

「顧尋呢？」

「他人呢？怎麼一眨眼就不見了？」

「……」

感覺到人聲漸遠，岳千靈才開口說話。

「你幹什麼？」

「憋了一個上午，」顧尋偏著頭打量她，神情挺嚴肅，「來找妳偷情。」

因為是午休時間，走廊上一直有腳步聲和說笑聲。

而消防通道卻像是另外一個世界，沒有明亮的燈光，唯一的光源是一扇小小的玻璃窗。

岳千靈緊緊貼著門，盯著顧尋的臉，不知道該說什麼。

「有病。」她別開臉嘀咕，「什麼偷情不偷情的。」

「是啊。」顧尋仰頭，眼神很不屑地掠過天花板，輕嘆了口氣，「明明有名有分的，可我感覺像個地下小情人。」

他那句「地下小情人」聽起來輕佻，可岳千靈抬起眼時，發現他的神情完全不是這麼一回事。

看起來像有點不高興。

於是，她琢磨片刻，問道：「那你想怎麼偷？」

「……」

顧尋也不知道自己該笑還是該給她點提示。

他盯著岳千靈看了一陣子，徐徐朝她靠近。

這時，走廊外突然傳來幾道熟悉的聲音。

岳千靈一瞬間就聽出是她的同事正經過這裡，肢體的反應快過大腦，立刻伸手擋了顧尋一下。

「妳——」

顧尋想說什麼，岳千靈一記眼刀飛來，封住他的嘴。

他不得不又直起身。

偏偏那幾個人走得緩慢，還在半路上停了一下，似乎在等什麼人。

好幾秒過去，一行人的腳步聲終於漸行漸遠。

岳千靈鬆了口氣，回過頭，卻見顧尋彎下腰，緩緩靠近，將自己的側臉送到她頭邊。

行吧。

岳千靈想，就當做安撫。

呼吸收緊的瞬間，岳千靈側了側頭，親一下他的下頷。

然後飛快地別開臉，看向另一邊。

「行了沒？」

「……」

顧尋維持著這個姿勢愣了片刻，隨後才抬了抬眉梢，眼裡慢慢染上笑意。

「以為我索吻呢？」

他唇角噙著笑，不等岳千靈回答，又抬手捏了捏她的耳垂，「我只是在看妳的耳朵上這是什麼東西。」

「……」

耳洞是國中畢業的暑假打的，後來學校規矩嚴，不能戴耳環，她便一直帶著透明棒防止耳洞自然生長封住。

這個習慣一直延續到現在，岳千靈幾乎忘了它的存在。

而此刻。

岳千靈恨不得拿一把刀剁了自己的耳朵。

顧尋卻像嫌棄岳千靈臉不夠紅似的，抬起手用拇指緩緩擦過她剛剛親過的地方。

「不過現在倒是坐實了偷情的事，不算白來一趟。」

「……」

岳千靈感覺再待下去她和顧尋短暫的愛情就要消失了，恰好這時黃婕打了個電話給她。

於是她把顧尋推開一些，接起電話。

黃婕找她也沒什麼重要的事情，只是想借一下她的畫筆，打個電話跟她說一下。

岳千靈「嗯嗯」兩聲，「那我過去拿給妳。」

電話那頭的黃婕：『欸？不用不用，不是在妳桌上嗎，我直接用了哈。』

岳千靈：「好的，我這就過去。」

黃婕：？

掛了電話，岳千靈一心想逃離這個刑場，一邊推門一邊說：「黃婕找我有事，我先過去了。」

顧尋到樓下餐廳時，易鴻他們已經坐好了，正拿著菜單點菜。

「你去哪了？」

「沒什麼。」

顧尋拉開椅子坐下的同時，易鴻朝他遞來菜單：「你點菜吧，每天來來去去就是這幾家，都吃膩了，完全不知道點什麼。」

顧尋隨意瞟了一眼，沒什麼特別想吃的，把菜單放了回去。

「你們點就行了。」

易鴻認命地隨意勾了幾個菜便把菜單遞給服務生。

這時，一個男同事笑呵呵地踢了踢他的腳，「聽外聯那邊說週五有個聯誼聚餐，你去不去？」

易鴻迷茫地睜眼：「我沒收到通知啊。」

「本來不是我們第九事業部的，當然沒通知我們。」男同事有點不好意思地嘀咕，「可是這種事情明明我們才是最需要的，我是厚著臉皮也要去的。」

這話一出，桌上幾個男人都表示贊同。

易鴻連忙點頭：「有道理，那我也厚著臉皮去。」

畢竟他們前幾天才聊過關於ＩＴ圈的鄙視鏈：老婆漂亮的工程師＞老婆不漂亮的工程師＞有女友的工程師＞單身狗工程師。

一群工作能力超群的佼佼者長期處於鄙視鏈底端，時常覺得抬不起頭，遇上機會可要抓緊。

思及此，易鴻問顧尋：「那你去不去啊？」

顧尋沒抬頭，一邊回著手機上的訊息，一邊漫不經心地說：「不去。」

「那最好。」一個男同事笑了起來，「不然我們還有什麼機會。」

說完他還煞有其事地拍了拍顧尋的肩膀，「謝謝兄弟成全啊。」

顧尋哼笑了聲，沒說話。

易鴻一個人在那想了想，又反悔了：「算了，我還是不去了，我不知道怎麼跟女生說話，別去給自己找尷尬了。」

說完，他側身撞了撞顧尋的肩膀，「到時候我陪你加班，夠意思吧？」

聞言，顧尋放下手機，往椅背靠去，抬手搭在易鴻肩膀上。

「你不去，是因為你不會跟女生打交道。而我不去呢，」他偏頭張揚地笑了笑，「是因為女朋友管得嚴。」

「……」

一桌子直腸子工程師花了兩秒才反應過來他是什麼意思，氣氛頓時熱了起來。

「你有女朋友了啊？什麼時候的事？」

「怎麼都默默的呢？」

「有照片嗎？看看長什麼樣。」

這群人中屬易鴻和顧尋相識時間最長，一直沒見到他交女朋友，這事挺詭異。

加上之前他誇岳千靈漂亮，顧尋還聽睏了，自那時起他就開始隱隱約約懷疑他的性向。

這時得知情況，他比誰都興奮：「藏著捂著幹什麼，看看啊，很漂亮吧？」

顧尋勾了勾唇，「是很漂亮。」

「別說廢話了。」易鴻朝他伸手，「拿照片來看看。」

顧尋揮開他的手，「沒照片，你們也不需要看照片。」

易鴻不依不饒地問：「怎麼不需要？看看又不會少一塊肉，別這麼摳，我倒要看看什麼樣的女生能搞定你。」

「……」

說到一半，他突然卡了一下，語氣突變，「或者說……什麼樣的男生能搞定你？」

顧尋正要說什麼，頭頂突然響起一道女聲。

「你們聊什麼呢這麼熱鬧？」

眾人紛紛回頭，見黃婕正朝他們走來，身旁還跟著岳千靈。

「來坐來坐！」黃婕一出現便分走了易鴻的注意力，他連忙朝她們招手，「我們剛點菜，過來一起吃唄。」

黃婕笑盈盈地說：「好呀。」

說話間，顧尋抬頭，和岳千靈視線交匯的一瞬間，收回了搭在易鴻肩膀上的手，並說道：「麻煩你去幫我拿瓶可樂。」

易鴻皺眉，「你自己沒腿沒手？」

顧尋：「你那邊不是方便一點？」

也是。

易鴻這個老好人沒說什麼，起身的同時問岳千靈和黃婕：「妳們要喝飲料嗎？」

兩人都搖頭，說喝茶水就可以了。

等易鴻一離開座位，顧尋便抬手拉了拉椅子。

岳千靈沒說話，不動聲色地坐到他身邊。

剛落座，顧尋隨即又抬手叫服務生加菜。

黃婕連忙拒絕：「不用不用，我們也吃不了多少。」

「沒事，我胃口大。」服務生已經走了過來，顧尋接過菜單隨意翻了兩頁，抬頭問，「有香菜牛肉嗎？」

聞言，岳千靈低頭笑了笑。

「不好意思啊。」服務生搖頭，「我們沒有這道菜，香菜魚片湯您看行嗎？」

「……」

岳千靈輕咳一聲，「只要香菜不要魚行嗎？」

服務生：？

您還有什麼不合理要求儘管提唄。

「算了。」顧尋闔上菜單，隱隱笑著，「不加了。」

放飲料的冰櫃就在旁邊，易鴻走兩步就到了，然而他抱著幾瓶飲料一轉身看見岳千靈坐在他的位子上，也不好說什麼，便繞了一圈，和黃婕一同坐到顧尋對面。

因為兩個女同事的到來，桌上一群IT男習慣性地啞了嘴。

好在黃婕最會活躍氣氛，她倒了一杯涼茶，自然而然地問道：「你們剛剛說什麼呢？」

易鴻一邊分發可樂，一邊笑著說：「說顧尋的女朋友呢。」

岳千靈心頭跳了跳，下意識轉頭去看顧尋。

與此同時，黃婕一口茶水噎在喉嚨裡，睜眼看著對面兩人，不知道該說什麼。

顧尋竟然有女朋友了？

怪不得昨天岳千靈低落地說自己是單身。

這種事情黃婕見多了，有的男的就是這樣，追妳的時候比誰都起勁，愛得驚天動地，結果妳矜持的時間稍微長一點，他轉頭就跟別人在一起了。

只是沒想到顧尋居然也是這種人。

黃婕皺了皺眉，把杯子放下，故作驚訝地說：「你居然有女朋友啦？」

不等顧尋說什麼，易鴻就插嘴道：「是啊，有女朋友還掖著藏著，都不肯給我們看一眼。」

「不是我不給你們看。」顧尋嘆了口氣，一本正經地說，「我女朋友比較害羞。」

岳千靈：「……」

她埋著頭看手機，當什麼都沒聽見。

其實她也不想刻意瞞著同事，只是想低調一點而已。

而黃婕則是垂眸輕嗤了聲，一抬頭果然見意岳千靈目光倏忽，臉上的神情極其不自然。

唉。

黃婕默默嘆了口氣，感慨長得好看的男人果然不可靠。

下一秒，她就聽見岳千靈問：「你們這麼好奇他的女朋友嗎？」

「就是啊。」易鴻說，「他剛上大學時我就認識他了，一直沒見他交女朋友。」

岳千靈：「其實我……」

她這兩個字說得太小聲，對面的易鴻根本沒聽見，自顧自地說：「我當時尋思是不是電腦學院女生太少，沒有管道，還好心幫他介紹呢，結果他連照片都不看一眼就說不是他喜歡的類型。」

說到這，易鴻抬了抬下巴，「所以你現在是終於遇到你的喜歡的類型了嗎？」

聽到「喜歡的類型」這五個字，岳千靈餘光瞥著顧尋，心莫名地懸了起來。

其實她也挺想聽一下他的回答。

顧尋：「不能說是遇到了理想型。」

這樣啊。

岳千靈垂下眼，心情陡然籠上一層薄霧。

緊接著，她又聽見顧尋說。

「而是我的女朋友是什麼模樣，我的理想型就是什麼模樣。」

第二十四章　深夜吃雞

話音落下，四下無聲。

幾個腦子裡只有二進位的工程師一時間沒反應過來，呆呆地盯著顧尋，彷彿在用0和1去翻譯顧尋這話是什麼意思。

在場只有岳千靈第一時刻明白了顧尋的意思。

她默默埋下頭，嘴唇磕著杯沿，藏住自己壓不下去的嘴角。

直到黃婕在一旁「嘔」了一聲。

眾人的目光倏地聚集到她身上。

坐在她旁邊的易鴻上下打量她一眼，問道：「妳怎麼了？」

黃婕意識到自己剛剛的情緒過於外漏，連忙訕訕地笑道：「沒什麼，只是覺得顧尋有時候說點話還怪肉麻的。」

顧尋：「……」

他垂眼看著黃婕，總覺得這位女同事是不是對他有什麼意見。

這時服務生陸陸續續上菜，易鴻他們也覺得這個事情聊起來挺自找罪的，便岔開了話題。

午休時間有限，大家吃飯也沒磨蹭，半個小時後，顧尋和黃婕都去了洗手間。

易鴻見大家都吃得差不多了，便主動叫服務生買單。

服務生拿著 iPad 過來，說道：「先生，這桌已經買過單了。」

易鴻挑眉，「嗯？錢給了？」

服務生點頭：「是的。」

說著，服務生見顧尋回來了，便指了指他，「這位先生給的。」

易鴻他們這幾個同事平時一起吃飯很少AA，畢竟收入那麼高，也不在意一頓兩頓飯錢，每頓算錢更顯得麻煩。

只是大家也不會一味地讓別人請客，心裡對這些小事都還有數，心照不宣地輪番著付錢。

所以當服務生說顧尋已經給錢了，易鴻便問他：「不是說好今天我請客？」

顧尋「噢」了一聲，靠在岳千靈旁邊，手臂搭在她的椅背上，不緊不慢地說：「不是要帶我女朋友請大家吃個飯？」

「……」

岳千靈原本都準備起身了，聽他這麼一說，又停下動作，茫然地轉頭看顧尋。

顧尋垂眸看著她，抬了抬眉梢，什麼都沒說，嘴角卻勾著淺淺的弧度，眼裡傳遞著只有她知道的意思。

在尊重她意願的前提下，他還是抑制不住地訴說著隱晦愛意。

岳千靈月光微閃，紅著臉頰微微彎了彎唇，輕輕地「嗯」了一聲。

然而在場的人除了她，都把顧尋的那個「帶」字理解為了「代」字。

特別是易鴻，他忍不住嗤笑一聲，有點不明白顧尋腦子裡裝的是什麼東西。

平時看起來冷冰冰的人，這時恨不得找到所有機會來秀一秀自己有女朋友。

「得意什麼，下次把人帶出來了再說這些。」易鴻渾然不覺哪裡不對勁，繼續說道：「反正這頓不算。」

一旁的岳千靈連忙接話道：「那下次我請大家。」

顧尋側頭笑：「好啊。」

「好什麼好，你好意思？」易鴻喝完剩下的飲料，起身朝岳千靈做了個「禁止」的手勢，「我們這裡是不讓女生請客的。」

顧尋沒說話，只是以一種看智障的眼神瞥了易鴻一眼。

岳千靈抿了抿唇，無聲地嘆氣。

易鴻這麼死腦筋，她還真的不知道怎麼開口了。

幾分鐘後，黃婕也上完廁所回來了，一行人便一同離開餐廳。

轉眼到了週五，這天溫度達到新高，天氣軟體裡亮起了高溫預警。

而同事們沒有被天氣影響到心情，距離下班時間還有十分鐘，大家顯然已經按捺不住內心的小激動，補妝的補妝，打理髮型的打理髮型，尹琴還跑去洗手間換了一身衣服，為今晚的聯誼聚餐做準備。

岳千靈和現場的氣氛格格不入，只想早點回去洗個澡，在自己的小房間裡安安靜靜地畫線稿。

於是下班時間一到，她便收拾東西起身。

剛要走，突然想到什麼，又坐下來傳訊息給顧尋。

糯米小麻花：『你忙完了嗎？』

幾分鐘後，他才回訊息。

校草：『沒，今天應該會有點晚。』

糯米小麻花：『噢，那我先回去了。』

校草：『先別走，來地下停車場一趟。』

糯米小麻花：『？』

校草：『五分鐘。』

糯米小麻花：『偷情？』

校草：『……』

校草：『妳非要這麼說』

校草：『也不是不行。』

收起手機，岳千靈正準備走，餘光往關閉的電腦螢幕上一瞧，發現自己的形象好像有點糟糕。

於是她又從抽屜裡掏出小鏡子照了照。

果然。

因為天氣熱，她出門的時候梳了個丸子頭，到了這時頭髮鬆鬆垮垮的，臉色看起來有點憔悴。

可是今天沒化妝，包裡也沒帶什麼化妝品。

她便轉頭問黃婕：「能不能跟妳借口紅用一下？」

黃婕剛補完妝，也沒多想，直接把口紅丟給她。

只是看見她對著小鏡子認認真真補妝，覺得有點不對勁，「都要下班了妳補什麼？」

岳千靈：「沒什麼，只是覺得自己有點憔悴。」

黃婕盯著她看了幾眼，幾度欲言又止。

直到岳千靈把口紅還給她，她才開口：「妳真的不去啊？都要七夕情人節了，不給自己一個機會？」

說完，還別有意味地朝她眨了眨眼。

岳千靈正想說話，一旁的尹琴卻已經笑咪咪地接了話：「妳擔心什麼呢，千靈成天在第九事業部混，哪裡愁找不到男朋友？而且那些開發的薪水更是高得可怕，我們累死累活賺的業績都拿去養他們了，爭取肥水不落外人田啊。」

尹琴說話向來這樣夾槍帶棒的，岳千靈也習慣了，不想和她多說，於是點點頭：「妳說得有道理。」

黃婕瞥了岳千靈一眼，嘀咕道：「他們有什麼好，賺得多但死得早。」

「……」岳千靈掐她一下，「妳給我撤回。」

和黃婕她們說話耽誤了一下，岳千靈到地下停車場時，已經過去了十分鐘。

岳千靈遠遠看見顧尋站在樑柱旁，便一路小跑著過去。

停車場比外頭還悶熱，這麼一下子的功夫岳千靈額頭上便出了一層細密的汗。

但她渾然未覺，還是笑盈盈地跑到顧尋面前。

「什麼事啊？」

「有事才能找妳還叫男朋友？」顧尋拉住她的手腕，把人往懷裡帶，「沒事就不能見見妳？」

這個時候下班的人多，停車場裡一直有人來，岳千靈有點不好意思，輕咳了聲，說道：「見到了吧，那我可以回家了吧？」

顧尋沒說話，視線在她臉上流連，最後落在她塗著豆沙色口紅的雙唇上。

「化妝了？」顧尋眉梢一揚，伸手抬了抬她的下巴，「早上出門的時候不是沒化妝嗎？」

岳千靈當然不可能說自己是為了見他特地補了個口紅，別開臉，退後一步。

「沒化，你眼花了吧。」

顧尋笑，又伸手去牽岳千靈。

殊不知這一幕正好被從電梯裡出來的黃婕和易鴻看在眼裡。

兩人站在轉角處，尷尬得像走進了刑場，眼珠子差點掉出來。

幾秒後，兩人對視一眼，掉頭就走。

到了電梯前，兩人都沒說話。

沉默片刻，他們再次轉過頭，四目相對。

易鴻：「啊這……」

黃婕：「你也覺得這樣不合適吧？」

易鴻撓頭：「可是……」

黃婕不再說話，眉頭卻擰成一團。

都有女朋友了還來騷擾女同事，果然長得好看的男人都不可靠。

岳千靈也是傻，中午親耳聽到他有女朋友這件事，還不跟他斷乾脆。

就圖一張臉嗎？

呸。

思及此，黃婕覺得自己忍不下去了，轉身朝岳千靈和顧尋走去。

「欸妳！」

易鴻見她腳步生風，愣了一下，才猶豫地跟上去。

黃婕今天為了聯誼聚餐專門換了一件裙子，但這並不影響她邁出豪邁的步伐。

於是，就在顧尋再一次拉住岳千靈的手腕時，突然聽到突兀的「咳嗽」聲。

兩人回頭，見黃婕雙手抄在胸前，笑咪咪地看著她們。

岳千靈被這詭異的笑容弄得有點手足無措，下意識抽出自己的手，尷尬地睜著眼，一時間不知道該說什麼。

而黃婕見狀，心裡冷笑。

她涼颼颼的目光在兩人身上轉了一圈，最後定在岳千靈的手腕上，慢悠悠地說：「你們下班了不回家在這幹什麼呢？」

見岳千靈不說話，黃婕兩三步走過去，橫擋在她和顧尋中間。

「晚上不是說好一起去吃飯嗎？我等妳半天了，還以為妳幹什麼去了。」

岳千靈：「啊？」

黃婕恨鐵不成鋼地嘆了口氣。

這女孩果然是個會吐泡泡的，白瞎了這麼好看的一張臉了。

「天氣這麼熱，在停車場待著幹什麼，這裡有海給妳游泳嗎？」說完，她又轉頭，笑咪咪地看向顧尋，「大熱天的，你下班不去找女朋友啊？」

顧尋看了黃婕一眼，片刻後，倏地笑了。

「找啊，下班當然找女朋友。」

「那快去吧，別讓你女朋友久等了，不然還以為你偷偷摸摸幹什麼了呢。」她順勢挽起岳千靈的手臂，朝顧尋揮揮手，「那我們先走了，晚上還要去聯誼呢，聽說今天來了挺多帥哥，我趕緊幫我們千靈物色一個，免得有的人惦記。」

說完，她朝岳千靈眨眨眼：「聽說今天來的男生都挺不錯的，或許沒有一張騙人的外表，但人品都是過得去的。」

話都說到這份上了，岳千靈怎能不明白黃婕的意思。

可是還不等她開口，黃婕就拽著她打算離開。

這時，顧尋忽地伸手，拉住岳千靈的手腕。

感覺到顧尋的動作，黃婕不動聲色地把岳千靈的手抽出來，回頭就是一個眼刀，語氣卻還客氣著：「你幹什麼呀？還有什麼事情嗎？有事就內部軟體上說吧，畢竟只是同事。不然，被女朋友發現了多不好呀？」

不等顧尋接話，黃婕又用勸渣男回頭是岸的語氣委婉說道：「哦當然，我知道你們肯定是沒什麼的，但是女生嘛，都是容易多想的。」

顧尋看了自己懸在半空中的手一眼，偏頭笑了笑，聲音裡帶了點委屈。

「千靈，妳再不給我個名分，明天全公司都要知道我是個腳踏兩條船的世紀渣男了。」

黃婕&易鴻：？

岳千靈：「……」

她原本只是不想張揚，卻沒想到事情會被曲解成這樣。

此刻她不知道該說什麼，紅著臉，用另一隻手去勾住顧尋的小指，然後一點點，握住他的掌心。

致命的一秒沉默後，黃婕抬頭。

「你們……」一輛超跑經過，轟鳴聲在黃婕腦中炸開，她腳底已經建成一座埃及金字，全憑意念在吐字，「妳和他……你們……難道……」

岳千靈紅著臉點頭。

「……是。」

黃婕低頭看了看自己緊握著的岳千靈的手，又去看了顧尋的手一眼，在「小明爺爺活到九十九歲是因為他不多管閒事」「我不如打個地洞跑吧」和「辭呈上應該寫什麼」的頭腦風暴中擠出一個感慨又溫柔的微笑——

她拉起顧尋的手腕，放到岳千靈掌心，然後煞有其事地拍了拍顧尋的手背。

「真好。」

「我就知道顧尋不會是那種人。」

「姐姐今天在這裡，真心祝福你們百年好合，比翼雙飛，永結同心，早生貴子。」

回去的路上，岳千靈果然收到黃婕的訊息轟炸。

黃婕：『妳知道我剛剛有多尷尬嗎？』

黃婕：『我萬萬沒想到全款買大坪數的夢想居然在二十七歲這一年實現了我謝謝妳啊岳千靈！』

黃婕：『妳為什麼不早點跟我說顧尋的女朋友就是妳？』

岳千靈有點無奈，撓了撓頭，才打字。

糯米小麻花：『我沒有想瞞著妳。』

糯米小麻花：『但是。』

糯米小麻花：『妳也沒問我呀 QAQ。』

黃婕：『沒問妳妳就不說？』

糯米小麻花：『難道我一上班就跟妳說啊啊啊我有男朋友啦！』

好幾秒後，黃婕才平靜下來回她訊息。

黃婕：『也是。』

黃婕：『不過我男朋友要是長成他那樣我恨不得把他的照片貼在額頭上讓每一個人都看見！』

岳千靈失笑，不再跟黃婕聊這個話題。

不過她想了想，自己好像確實沒怎麼跟朋友說這件事，之前發的動態大概除了顧尋本人，其他人都不懂。

於是她打開大學寢室群組，傳了兩句話。

糯米小麻花：『對了，跟妳們說個事情。』

糯米小麻花：『我跟顧尋在一起啦。』

糯米小麻花：『(*^▽^*)。』

方清清：『?』

方清清：『？？？』
方清清：『沒開玩笑吧？？？』
糯米小麻花：『是真的。』
相比於方清清的震驚，印雪就鎮定多了。
印雪：『噢，我知道的。』
糯米小麻花：『妳怎麼知道的？』
印雪：『妳那天發的動態我看懂了啊。』
方清清：『什麼動態？？？』
方清清：『噢，拔草？』
方清清：『這有什麼特別意思嗎？我以為她買什麼東西了。』
方清清：『妳是怎麼看出來的？』
印雪：『這不很明顯嗎。』
印雪：『只是我不好意思問。』
糯米小麻花：『？』
糯米小麻花：『你有什麼不好意思的？』
印雪：『我還是個純情小女生呢……』

印雪：『妳把話說得那麼黃色粗暴，我怎麼好意思呢……』

方清清：『？』

方清清：『噢，我懂了。』

方清清：『你們好辣個呀(////)。』

方清清：『我想聽聽細節。』

印雪：『其實我也可以聽。』

糯米小麻花：『？』

糯米小麻花：『……』

糯米小麻花：『你們要是太閒，我傳點有意義的網站你們給自己找點事情做吧。』

糯米小麻花：『http：刪掉 //w 文字 ww 看 .43 刺激 99.c 小遊戲 om。』

晚上八點，顧尋忙完回家。

到樓下的時候傳訊息給岳千靈，不過不知道她在忙什麼，一直沒回。

進了電梯，顧尋收起手機，注意到電梯上貼了一張告示，通知本棟住戶今晚維修電纜，將要停電三個小時。

他看得入神，心裡想著不知道岳千靈有沒有看見這個通知，完全沒注意到電梯裡有個女生一直在看他。

直到到了十三樓，他走出電梯，那個女生也跟了出來。

幾步後，顧尋發現不對勁，一回頭便對上女生羞怯的眼神。

「有事？」

女生朝他家門口看了一眼，見上面空空如也，欲言又止一番，才小聲說：「那個紙條……你沒看見嗎？」

顧尋抬眉，順著她的視線看過去，什麼都沒發現。

「什麼紙條？」

「就是……」

女生靦腆地看顧尋一眼，見他絲毫不知情，只好鼓起勇氣說，「我前幾天留了聊天帳號在上面，可能沒黏好就掉了吧。」

「……噢。」

顧尋的眼神倏地柔了下來。

他想起那天晚上岳千靈來他家裡，莫名其妙罵他狐狸精。

原本還想著怎麼回事，結果原因在這裡。

女生見顧尋出神，正想說什麼，顧尋便說道：「應該不是沒黏好。」

女生眼睛亮了亮，立刻伸手去掏手機。

但是手指剛放進包裡，就聽見顧尋說：「大概是我女朋友看見後撕掉了吧。」

聽到「女朋友」三個字，女生的太陽穴跳了起來，僵硬地笑了笑，什麼話都沒再說，轉身就走。

走道裡瞬間只剩下顧尋一人。

他看了手機一眼，岳千靈還是沒回訊息，便按了門鈴。

好幾分鐘後，屋裡才響起急匆匆的腳步聲。

岳千靈打開門的那一瞬間，一股裹挾著沐浴乳清香的空氣湧出。

顧尋低頭，見岳千靈一頭濕髮亂糟糟地披在腦後，其中兩縷髮梢濕噠噠地貼著脖子，隱隱的水跡正順著她泛紅的脖子流進胸口。

她的皮膚本就白，因此鎖骨處的點點微紅反而被映襯得格外顯眼。

雖然知道是洗澡的原因，但此時此景，總讓顧尋聯想到其他的東西。

「妳剛剛在洗澡？」

「嗯。」岳千靈也感覺到頭髮在滴水，便拿起毛巾擦了擦，「什麼事？」

顧尋抬了抬下巴，盯著她家裡的吊燈看了一下子才把注意力從她身上移開。

再垂下眼時，他笑得有點不正經，「來問問妳，是不是收走了我的什麼東西？」

岳千靈：？

她根本不記得之前撕下來的小紙條，此時絞盡腦汁也想不起自己收走了顧尋什麼東西。

而他也不打算提醒，就那麼笑望著她。

想了一陣子，岳千靈突然有點懂了。

唉。

這男人怎麼突然跟她說土味情話了呢。

還是配合他一下吧，不然他等一下又委屈了。

思及此，岳千靈嘆了一口氣，徐徐抬眼，有點無奈地說：「收走了……你的心？」

當她話音落下那一刻，顧尋眼裡的笑意蔓延到嘴角。

在看見她脖子上的緋紅爬上臉頰時，所有自持突然潰散。

也太可愛了。

走廊的聲控燈在他沉默的瞬間熄滅。

光線暗下來那一刻，顧尋突然伸手抬起她的下巴，一邊將她往屋裡推，一邊吻了下去。

當他的雙腿跨進來時，反手將門用力關上，隨後摟住她的腰一個翻轉，便將她抵在門上。

岳千靈：？

她不知道這突如其來的吻是怎麼回事，還沒回過神，他的氣息就已經毫不遲疑地灌入，包圍她所有的感官細胞。

所有清醒的意識在這一瞬間煙消雲散，岳千靈緊貼著冰涼的牆，衣服被長髮浸濕，冷冰冰的觸感和此刻的氣氛相互衝撞著。

她緊緊閉著雙眼，雙手慢慢勾住顧尋的脖子，努力地仰起頭以配合他的身高。

然後，嘗試著主動回應他的吻。

感覺到她的小動作，顧尋倏然停下，睜眼緊緊看著岳千靈。隨後喉結滾了滾，突然將她抱起來轉身壓在旁邊的桌上。

桌子上面的東西掃落一地，岳千靈完全沒注意，只感覺自己不用費力地昂頭了，雙手捧著顧尋的腦側，被迫一點點往後仰，卻還微微聳著肩，貪婪地汲取著顧尋的氣息。

兩人的呼吸聲在安靜的屋子裡交纏沉浮，氤氳一室曖昧，凝滯了時間的流逝。

直到岳千靈的及腰長髮在桌面上滑出淩亂的水跡，顧尋才停下來，雙唇流連到岳千靈的鎖骨，輕輕地咬了一下。

那個地方有點敏感，他的力道雖然不重，岳千靈卻還是「嘶」了一聲。

「你幹什麼？」

片刻後，顧尋才從她的頸窩抬起頭，嗓音沉沉地說：「沒什麼，下次別用這麼燙的水洗澡了。」

岳千靈：「……」

不然還用這麼燙的牛奶洗澡嗎。

她把顧尋推開，跳下桌子。

「我去吹頭髮。」

剛說完，頭頂的燈光突然一暗，伴隨著大樓外眾人的驚呼聲，整個屋子陷入黑暗。

岳千靈腳步一頓，有點不敢相信。

「停電了？」

「妳沒看見電梯裡貼的通知？」

「沒……」

岳千靈又問：「你看見了？那什麼時候會來電？」

「不知道。」他朝岳千靈走了兩步，伸手勾了勾她的手指，「反正停電在家待著也沒什麼意思，不如我們出去？」

岳千靈想想也是。

這麼熱的天，沒有冷氣真的活不下去，不如去找個有電的地方。

「好。」她轉身朝房間走去，「那我換身衣服。」

「嗯，記得帶上身分證。」

黑暗中，岳千靈渾身一僵。

房間門關上，岳千靈鎮定的步伐消失，整個人撲通一聲撲倒床上，拿起手機一頓亂按。

糯米小麻花：『啊啊啊啊怎麼辦怎麼辦！』

方清清：『？』

印雪：『？』

糯米小麻花：『我家停電了。』

印雪：『怎麼了，妳還怕黑？』

糯米小麻花：『顧尋叫我帶上身分證跟他出去！』

印雪：『？』

方清清：『？』

糯米小麻花：『怎麼辦怎麼辦！』

方清清：『我教妳怎麼應對。』

糯米小麻花：『快說快說。』

方清清：『第一步，穿一套好看點的內衣。』
糯米小麻花：『？』
方清清：『第二步，選好保險套。』
方清清：『我男朋友推薦岡本，不過這個根據個人體驗，你們自己看著辦吧。』
方清清：『第三步，大膽地上了他。不過妳也不要顯得太激動，稍微矜持一點。』
方清清：『當然，如果他要略過第二步，妳就拿出妳的真本事，當場捏斷他的命根。』
糯米小麻花：『……』
糯米小麻花：『放屁屁，妳退群組吧。』
放下手機，岳千靈盯著天花板，胸口起伏一直停不下來，腦子裡出現很多畫面。
突然，顧尋在外面敲了敲門。
「還沒換好？」
「……馬上。」
岳千靈翻身下床，打開衣櫃的時候，視線不自覺地下移，看著她放得整整齊齊的內衣。
唉。
都是成年人了。
而且，她喜歡他的。

沒多久岳千靈便換好了衣服，悄悄拉開門。

透過門縫，她看見顧尋坐在她的沙發上低頭看手機，似乎並沒有注意到她的出現。

她的心跳又開始不聽話，撲通撲通地跳個不停。

直到顧尋突然抬頭，朝她看來。

「妳在那裡鬼鬼祟祟的幹什麼？」

「……你才鬼鬼祟祟。」

岳千靈一把推開門，大步邁了出來，「快走，熱死了。」

剛走出電梯，一股悶熱的晚風便迎面吹來。

岳千靈閉了閉眼，深深地吸了一口氣。

手心突然傳來一陣溫熱。

顧尋牽住她，五指穿過她的指縫，緊緊扣在一起。

「妳怎麼出這麼多汗？」

岳千靈：「……熱。」

「嗯，那我們走快點。」

今天的溫度高到什麼程度，僅僅十分鐘的路程，岳千靈的頭髮便已經完全自然風乾。

就連後背的衣服也浸上了一層汗，黏糊糊地貼著肌膚。

「對了。」顧尋突然開口，「剛剛忘了問妳，吃晚飯了嗎？」

岳千靈點頭：「吃了。」

「吃什麼？」

「樓下的餛飩。」

「吃飽了嗎？」

「嗯。」

「行。」顧尋又加快了腳步，「身分證帶了嗎？」

岳千靈的手指突然收緊。

「帶了……」

顧尋：「嗯，那我們直奔主題。」

岳千靈：「……」

這麼著急的嗎？

唉。

二十歲出頭的男人果然都一樣。

十分鐘後，岳千靈站在網咖櫃檯前，腦子有點茫然。

「美女？美女？」櫃檯人員喊了她兩聲，「妳還在嗎？」

岳千靈倏然回神，眨了眨眼，「不出意外的話，未來幾十年我都還在。」

櫃檯人員：「……」

他迷茫地看向顧尋。

顧尋理所當然地看了他一眼，滿臉寫著「我女朋友的話有什麼問題嗎」，然後才揉了揉岳千靈的頭髮。

「叫妳拿身分證，想什麼呢？」

「哦，沒想什麼。」

岳千靈慢吞吞地從包裡掏出身分證，放到櫃檯人員面前。

後悔。

現在非常後悔。

感覺一路上的汗白流了。

開好卡後，岳千靈默默收回身分證，什麼都沒說，直接往遊戲區走去。

顧尋慢了一步，轉頭看著她的背影，兩三步追上去，從後面勾住她的脖子，埋頭在她耳邊低聲說：「寶貝，妳好像有點失望？」

「……」

岳千靈被那一聲「寶貝」叫得有點神魂顛倒。

但理智還在。

她面無表情地看著前方滿滿的人頭，沒什麼語氣地說：「你要是不想在網咖挨打，最好現在就閉上你的寶貝嘴巴。」

顧尋鬆了手，臉上的笑意卻更明顯。

其實他從出門的時候就知道岳千靈在想什麼了，只是沒預料到她的反應竟然這麼可愛。

網咖裡很吵，但兩人開了雙人包廂，拉門一關上，倒還安靜。

沙發也是寬敞的連坐，兩人落座後，中間還能塞下一個人。

這家網咖的電腦設備很好，不過開機還是需要幾秒。

這麼短的時間，岳千靈緊盯著螢幕，實在忍不下去了。

「你能不能別笑了？」

「我笑了嗎？」顧尋摸了摸自己的唇角，「我只是覺得我女朋友很可愛。」

「……」

岳千靈緊握著滑鼠，一句話都說不出來。

隨後，顧尋往她這邊挪了點，伸手攬住她的肩膀。

「要不然我們現在換地方還來得及。」

岳千靈的拳頭握緊了。

她沒讓顧尋滾遠一點，只是深呼吸兩口，沉沉地說：「ＡＷＭ和Ｍ２４選一個吧，畢竟是送你離開這個世界的槍，不能太隨便。」

「只能幸福二選一嗎？妳又不是不知道，」顧尋漫不經心地說，「其實我喜歡猛男槍。」

岳千靈感覺自己受方清清荼毒太深了，現在滿腦子黃色廢料。

就連顧尋一句輕飄飄的「猛男槍」，她都會拐著彎想到其他地方。

片刻後，岳千靈盯著螢幕，了無生氣地說：「唉，猛不猛誰知道呢。」

「……嗯？」

感覺到旁邊的氣氛微變，岳千靈終於意識到自己說的話有多大的歧義，立刻補充道：

「當然是倒在您……狙下的手下敗將知道。」

兩人原本打算玩一下ＬＯＬ，不過臨時叫不到三個人，只好作罷。

顧尋伸了個懶腰，打開 steam，「看來只能甜蜜雙排了？」

小麥和駱駝聯手遊都那麼菜，岳千靈也不指望他們能搞定網遊，根本不打算叫他們。

不過她這個晚上都有點心猿意馬，配對結束後才發現自己忘了勾選雙排，畫面上出現兩個野人隊友。

岳千靈：「……」

顧尋側著頭看她，「不是說好甜蜜雙排？又想什麼去了？」

「閉嘴，請你嚴肅對待電子競技。」

「……行。」

幾秒後，畫面跳轉到出生島。

這時候岳千靈放在桌上的手機突然響了起來。

方清清：『快一個小時過去了，冒昧問一下，進行到第幾步了？』

岳千靈覷了顧尋一眼，偷偷摸摸地打字。

糯米小麻花：『情況很複雜。』

糯米小麻花：『馬上要吃雞了，回頭聊。』

方清清：『？？？？？』

印雪：『不是，妳新手上路車速這麼快？』

糯米小麻花：『……』

糯米小麻花：『遊戲吃雞啊！遊戲啊！』

糯米小麻花：『我們他媽的來網咖打遊戲了啊！』

印雪：『……？』

方清清：『……我們校草有點東西，我真是沒想到啊。』

妳以為我想到了嗎？

岳千靈面無表情地關掉螢幕。

進入遊戲後，配對到的兩個隊友都是男的，一上來就說個不停。

這個晚上岳千靈的情緒起伏太多次，現在還有點沒回過神，一直沒開過口。

而顧尋打遊戲的時候話也不多，兩人就這麼沉默著，直到上了飛機，岳千靈沉默著標了G港。

其中一個男見狀，立刻開口：『兄弟這麼野？上來就G港啊？』

岳千靈：『那你們說去哪裡吧，我都可以。』

一聽到岳千靈的聲音，那個男的語氣陡然變了。

『原來是小姐姐，那我沒問題了，隨便妳去哪裡我都跟隨妳，大不了活著保護妳，死了保佑妳。』

「……」

岳千靈愣了一下。

隨後，耳機裡便傳來顧尋冷冰冰的聲音。

『用不著你，保佑你自己吧。』

那男人噎了一下，很快從顧尋的語氣中聽出敵意。

『噢，情侶啊……行，我閉嘴。』

之後那個男人果然沒再說什麼。

直到第一局開局沒多久，剛進入第一輪跑毒，岳千靈被炸倒在轟炸區。

她「哇」一聲喊了起來，『快扶我快扶我！』

然而顧尋剛轉身，第二道火雷又準確無誤地炸了下來，岳千靈直接變成一個盒子。

她茫然地看著螢幕，不敢相信自己的運氣居然差到這種地步，耳邊迴盪著那個野人隊友的笑聲：『看，還說用不著我，這下換妳保佑我了吧！』

她不甘心，不服氣。

而且不出意外地話，接下來她要獨自觀戰至少二十分鐘。

於是岳千靈轉頭可憐兮兮地看著顧尋。

雖然她沒說話，但顧尋知道她是什麼意思。

他挑眉，「想繼續玩我的？」

岳千靈笑咪咪地點頭，伸手勾了勾他的手指。

「可以嗎？」

顧尋直勾勾地看著她，什麼都沒說。

片刻後，岳千靈俯身靠到他面前，在他臉邊親了一下。

「行了嗎？」

顧尋：「……」

說出來可能會挨打。

但他剛剛確實沒這個意思，只是在看岳千靈笨拙撒嬌的模樣而已。

他垂眼笑著，輕聲道：「過來吧。」

岳千靈立刻摘下耳機。

只是顧尋卻沒起身。

「你不讓開我怎麼玩？難道要我坐在你身上玩？」

不等顧尋接話，耳機裡響起那個男人的聲音。

『哈哈哈，妳敢坐他就敢硬！快坐上去，沒想到我玩個遊戲還能免費升級成限制級啊六六六！』

「……」

顧尋倏地沉下臉，伸手握住滑鼠，一梭子子彈直接把那個男人擊倒在地。

『你他媽有病？』

下一秒，顧尋繼續補槍，男人立刻變成一個盒子。

『我操你他媽神經病吧！』

岳千靈沒帶耳機，看著這一幕有點摸不著頭緒。

「你幹什麼呀？」

「沒什麼。」顧尋把耳機摘下來，掛到她頭上，「過來玩吧。」

第二十五章　母親

兩人從網咖出來，已經接近夜裡三點。

自從畢業之後，岳千靈從來沒有在外面待到這麼晚過。

其實十二點的時候顧尋就打算帶她回家，但岳千靈自己不樂意，每次都說「最後一局」，最後還是顧尋強行拎著她離開網咖。

回去的路上，岳千靈玩遊戲的興奮後勁一過，她睏得上下眼皮直打架，站在電梯裡都快睡著。

然而出門時她由於太緊張出了不少汗，這時回到家裡，免不了再洗一次澡。

重新收拾好一切，時鐘指向淩晨四點，岳千靈當場倒在床上昏迷。

岳千靈的睡眠向來很好，而且早上她本就起得早，這一覺睡下去，再睜開眼，已經是第二天下午兩點。

意識還沒回籠，睏意依然包裹著全身，但為了晚上作息不顛倒，岳千靈還是決定起床。

她把手伸進枕頭下摸出手機，半瞇著眼睛打開，看見裡面堆積了很多則訊息。

頂在最前面的，是顧尋傳的幾十則訊息。

十點。

校草：『醒了沒？』

校草：『？』

校草：『好吧，我也再睡一下。』

十一點。

校草：『還沒醒？』

校草：『妳怎麼這麼能睡？』

十二點。

校草：『？』

校草：『在嗎？麻煩把我女朋友放出來一下，我跟她一起吃個午飯就退回去。』

校草：『算了，我自己吃。』

二十分鐘前。

校草：『妳還沒醒？』

校草：『好，妳睡吧。』

校草：『易鴻叫我打籃球，我出去了。』

糯米小麻花：『……』

她嘆了口氣，有點不理解同時間回家，為什麼顧尋精力這麼好。

回了他的訊息，岳千靈又切出去看印雪和方清清這三百二十五則聊天記錄到底說了什麼。

結果粗略翻了幾眼，岳千靈就一言難盡地退了出來。

她們是真的閒。

竟然能就「岳千靈和顧尋真的沒做點別的運動嗎為什麼這個時間還沒起床」發表十幾種猜測，並一一分析可行性。

幾秒後，顧尋恰好回了一則語音。

他剛剛熱完身，說話有點喘。

『打個遊戲就累成這樣，以後帶妳多運動？』

其實他說的話挺正常，屬於正常關心範圍。

但岳千靈發現自己可能受了方清清和印雪的影響，腦迴路總會七轉八彎地想到別的地方。

沉默兩秒後，岳千靈閉了閉眼，深吸一口氣，沒再回他訊息，起身去洗漱。

因為起得晚，岳千靈的肚子直叫，不想花時間等外送，便自己煮了一些上次她媽媽塞進她冰箱裡的餃子。

難得擁有完完整整的休息日，天氣又熱，岳千靈只想在家裡舒舒服服地待著。

正好前段時間網路上有一款挺紅的新遊戲，岳千靈一直沒時間玩，便想趁著今天下載下來試一試。

打開官網，她看了複雜的設備數據一眼，有些弄不懂，便傳了訊息問顧尋。

糯米小麻花：『（圖片）。』

糯米小麻花：『我這個電腦設備能玩《飛翼殺手四》嗎？』

校草：『能。』

岳千靈放下心來，正準備整理記憶體下載，顧尋又傳來一則。

校草：『就是多準備點薄片牛肉，有孜然的話灑一點，味道會更好。』

糯米小麻花：『……』

緊接著，他又傳來兩則語音。

『去我房間吧，電腦密碼還是那個。』

『去打球了，看不了手機，自己先玩，晚上回來陪妳。』

糯米小麻花：『誰要你陪，我一個人很快樂。』

糯米小麻花：『等一下？』

糯米小麻花：『你要晚上才回來啊？』

傳完這幾則，岳千靈嘀嘀咕咕的起身。

原本打算換下睡裙，但想到顧尋晚上才回來，她索性就這麼舒舒服服地去了他家。

炎炎夏日，地表溫度快煎熟了路上行人。

顧韻萍站在社區門口，被太陽曬得渾身冒汗。

當她打了第四通電話給顧尋依然無人接聽時，只能掛了電話，叫保全幫她開閘門。

保全從窗口裡探出頭，上下打量一圈，看她不像什麼可疑人物，但還是丟了個本子出來，讓她登記身分證。

過程雖然稍顯繁瑣，但顧韻萍想到這也是一種安全保障，臉上的神情反倒更客氣了幾分。

仔細算算，她跟顧尋很久沒見過面了，更別說造訪他的新居地。

根據幾個月前顧尋傳來的地址，顧韻萍仔仔細細地核對樓棟資訊，找到他住的房子。

她按了兩次門鈴，耐心地等了幾分鐘，並沒有人來開門。

再打了個電話給顧尋，依然沒人接。

「大週末的幹什麼去了。」

顧韻萍嘴裡念著，視線落在密碼鎖上，心神一動，抬起了手。

顧尋是個怕麻煩的人，所有電子產品的密碼來來去去就是那一串數字和字母排列組合，顧韻萍幾乎不用思考，兩次就試出了正確答案。

她推開門，視線往屋內一掃，神情凝滯片刻。

站了幾秒後，她才輕手輕腳地走進去，立在客廳中央環顧四周。

屋子裡擺設雖然簡單，但收拾得井井有條，室內窗明几淨，地面一塵不染，櫃子上還放了一些常用的感冒藥。

就連以前總是隨意丟在家裡的籃球此刻也乾乾淨淨地掛在牆角。

原以為顧尋一個人在外面生活肯定不會照顧自己，日子過得馬馬虎虎。

但事實好像和她想像中不一樣。

顧韻萍有些不敢置信，甚至想退出去看看自己是不是走錯屋子。

沒多久，她收回心緒，拎著大包小包走進廚房。

鍋碗倒是沒怎麼動過的樣子。

她又打開冰箱，裡面沒什麼吃的，只堆放了幾瓶碳酸飲料。

看到這一幕時，顧韻萍不知為何，那股不寧的心神反而得到了緩解。

於是她皺著眉，把冰箱裡的飲料全都扔了，然後將自己買的東西整整齊齊地放進去。

收拾好廚房，顧韻萍把客廳裡那些覺得不順手的擺設全都換了位置，並且覺得沙發離電視太近，對眼睛不好，便自己用力把沙發往後挪了一公尺多。

做完這一切，顧韻萍歇了歇氣，正準備去沙發上坐一下，突然聽到房間裡傳來女孩子的笑聲。

原本已經彎下去的腰突然僵住。

顧韻萍以為自己聽錯了，不可置信地抬起頭，朝房間看去。

緊接著，笑聲又響起。

顧韻萍很快反應過來發生了什麼，一邊想著要不要這樣貿然打擾，一邊又很是好奇。

猶豫片刻後，她還是起身去敲了敲房間門。

依然沒人應。

顧韻萍往門那邊貼了點，用克制地語氣喊道：「顧尋，你在嗎？」

這一次依然沒得到回應，顧韻萍心一沉，緩緩將門推開。

看見房間裡的那一幕，她整個人愣住。

視線所及之處，窗簾拉得嚴嚴實實，只有書桌上亮了一盞檯燈。

一個穿著睡裙的女孩盤腿坐在寬大的電競椅上，頭上戴著黑色耳機，一隻手飛快地操作滑鼠，另一隻手則端著一罐可樂，嘴裡咬著吸管，正笑盈盈地盯著電腦螢幕。

只能看見女孩兒側臉的顧韻萍第一個反應是自己進錯了門，收拾錯了屋子，甚至想立刻把扔進垃圾桶的碳酸飲料全都掏出來。

然而就在她準備掉頭的時候，女孩不知道看到什麼有趣的事情，一口可樂嗆住，猛咳了起來。

顧韻萍腳步一頓，再次回頭看過去。

而岳千靈咳完了，繼續喝著可樂，並打算抽一張紙巾擦擦嘴巴。

她一轉頭，和顧韻萍四目相對。

「……」

「……」

「岳……」

顧韻萍剩下的兩個字還沒說出來，就見女孩手裡的可樂「砰」一下落地。

感覺到冰涼的液體灑到胸口後，她才鬆嘴，塑膠吸管飄揚而落，雙眼呆呆愣愣地盯著顧韻萍。

死一般的沉寂片刻後，岳千靈的靈魂終於歸位，手忙腳亂地想站起來，腿一伸卻踢到了桌子，痛得倒吸一口冷氣，「嗷」一聲就要往後倒。

顧韻萍見狀也沒心思想其他的，連忙走過去扶住她。

「妳沒事吧？」

「沒、沒事。」

岳千靈堪堪站穩，心神還未定，低頭看見顧韻萍扶著自己的手臂，心想怎麼不一頭撞死算了。

兩人維持著這個姿勢，大眼瞪小眼，都覺得自己不適合先開口。

許久後，顧韻萍終於緩緩鬆開手，覷了岳千靈身上的睡裙一眼，清了清嗓子，說道：
「阿姨就不委婉了，你們這是在……同居？」
「……」
這可真的一點都不委婉。
「不是不是。」岳千靈連忙解釋，「我住對面，只是過來借他的電腦玩遊戲。」
「這樣啊……」
顧韻萍是相信這個的，畢竟她剛剛收拾屋子的時候沒有發現任何女性生活用品。
但是以她對自己兒子的瞭解，是不可能讓一個女生隨隨便便動他房間東西的。
思及此，顧韻萍的眼神裡又帶了點別的探究意味。
「那你們……」
都到這種時候了，岳千靈不可能看不出顧韻萍的意思。
她不知道該擺出什麼表情面對顧韻萍，只能輕輕地點了個頭。
卻不想顧韻萍沒有她想像中的驚詫表情，只是順手拿起桌上的紙巾，擦了擦她胸口的可樂，毫不意外地說：「挺好的。」
岳千靈以自己要換衣服的藉口，拿著手機逃似的躥回自己家。

一關上門，她立刻電話打給顧尋。

可是他大概是打得太投入了，三通電話都沒接。

岳千靈一頭栽在床上滾了幾圈，又傳訊息給駱駝和小麥。

糯米小麻花：『SOS！SOS！』

駱駝：『？』

小麥：『？』

糯米小麻花：『顧尋的媽媽過來了，撞見我在他房間打遊戲，顧尋又在打籃球不接電話。』

糯米小麻花：『你們對他媽媽應該比較瞭解，所以我現在要怎麼辦？』

小麥：『妳為什麼在他房間？』

駱駝：『小麥，出門右轉第三醫院，去看看腦子。』

小麥：『？』

駱駝：『什麼怎麼辦，顧阿姨又不會吃人。』

糯米小麻花：『QAQ。』

小麥：『不是，妳還沒告訴我，妳為什麼一個人在他房間？』

岳千靈終於知道顧尋和駱駝為什麼總是擔心小麥考不上研究所了。

就這腦子，落榜是對研究生平均水準的貢獻。

糯米小麻花：『我在我男朋友房間打遊戲怎麼了啊怎麼了啊！』

小麥：『？？？』

小麥：『！！！』

糯米小麻花：『@駱駝，阿姨現在一個人在他家做飯，我要是不過去是不是不太好？』

糯米小麻花：『我過去說什麼？』

糯米小麻花：『阿姨，我來幫您做飯？』

駱駝：『不對不對。』

糯米小麻花：『？』

駱駝：『林尋的媽媽妳不該叫阿姨，要叫婆婆。』

糯米小麻花：『……』

糯米小麻花：『謝謝介紹（微笑）。』

聊了幾句，岳千靈終於明白這種時候駱駝和小麥根本幫不上什麼忙，只好硬著頭皮上。

她再次走進顧尋家裡，顧韻萍在廚房洗菜，見她過來，只是笑了笑，對她的態度非常平和，並沒有問一些讓她難為情的話題。

無非就是和她聊一些家常，順便問問她爸媽的近況。

只是提到工作的時候，顧韻萍得知岳千靈和顧尋在同一家公司，幾不可查地皺了皺眉。

適應了剛開始的尷尬，岳千靈已經能夠平靜地和顧韻萍聊天了。

說話間，她還想著顧阿姨人這麼好，顧尋為什麼跟她不親近。

難道叛逆期還沒過？

只是沒有顧尋本人在，岳千靈始終有點緊張，時不時地注意著手機的動靜。

二十分鐘後，他終於回了訊息。

校草：『我馬上回來。』

看見這五個字，岳千靈鬆了口氣，恨不得立刻幫他開個傳送門。

顧尋打籃球的體育場算不上近，加上這時的交通正擁擠。

即便他已經儘快了，但還是近六點半才趕到家。

他開門的一瞬間便聽到了岳千靈和顧韻萍說話的聲音，循聲望去，視線掃過客廳，目光倏地頓住。

沙發很明顯被移了位置，一些小東西也沒放在他熟悉的地方。

看到這些變動，顧尋原本想說的話堵在嗓子裡，轉頭看向廚房，開口道：「媽，妳怎麼來了？」

「今天是——」

顧韻萍一回頭，見冥冥餘暉下，兒子臉上並沒有她想像中的興奮。

於是她斂了斂神情，端著一碟菜出來，「前幾天過來出差，本來今天下午要回去的，但是專案出了點事情要多留幾天，所以順便來看看你。」

這時岳千靈也跟了出來，站在顧韻萍身後對著顧尋擠眉弄眼。

顧尋接收到她眼神裡的意思，對她點點頭，然後朝顧韻萍走去，想接過她手裡端的菜。

「我來吧。」

顧韻萍：「你先去洗澡，回頭別著涼了。」

「行。」

顧尋轉身卻朝廚房走去，正要開冰箱門，便聽見顧韻萍的話。

「欸，你那些碳酸飲料我都扔了啊，跟你說了多少次不要喝那些不健康的東西。」顧韻萍一看他的動作就知道他想幹什麼，回頭說道，「桌上有礦泉水，你去喝那個。」

顧尋收回手，掉頭往房間走。

經過岳千靈身邊時，他順手拉住她的手腕，把她帶進房間。

關了上門，他轉身看著岳千靈，沉聲問：「我媽今天跟妳說了什麼嗎？」

岳千靈猝不及防被他拉進來，顧及著他媽媽在外面，聲音格外小。

「沒什麼呀，就隨便聊了聊。」

顧尋垂下眼，沉沉地嘆了口氣。

岳千靈見他這模樣，一副大爺作態地伸手捏住他的下巴。

「怎麼，害怕你媽媽暴露你不可告人的祕密？」

顧尋顯然沒有跟她開玩笑的心情，低頭在她掌心蹭了蹭，才鬆開她的手腕。

「我在妳這裡能有什麼祕密，我只是怕我媽說話方式讓妳不舒服。」

「不會啊，阿姨挺好說話的。」

「那妳剛剛那麼緊張？」

「……」岳千靈推了推他，「你快去洗澡，一身汗臭死了。」

顧尋去洗澡的期間，岳千靈和顧韻萍已經把做好的飯菜全部擺上飯桌。

直到落座，岳千靈才真正鬆了口氣。

毫無準備的以顧尋女朋友身分見了他的媽媽，這刺激真的不是三言兩語能形容的。

好在顧尋已經回來了，她決定等一下當個縮頭烏龜，什麼話題都轉拋給顧尋，免得說錯什麼。

然而情況和她預料的不一樣。

因為飯桌上，顧尋和顧韻萍根本沒什麼話說。

兩人都安安靜靜地吃飯，直到岳千靈有點受不了這樣的氣氛，頻頻開口誇獎顧韻萍的廚藝，才有了點熱絡氣氛。

沒有閒聊，這頓飯吃得便格外快。

顧韻萍一放下筷子就準備起身，「我去洗碗。」

岳千靈和顧尋同時開口道：「我去吧。」

話音落下，顧尋按住岳千靈的肩膀。

「妳坐著。」

雖然平時她和顧尋一起吃飯的時候都是他在做這些，但有顧韻萍在，她不好意思真的坐著不動，便還是起身幫忙收拾桌子。

幾分鐘後，顧尋一個人站在廚房洗碗。

顧韻萍不知什麼時候走進來的，站在他身後，許久後才出聲。

「我就知道你會喜歡千靈的，你當初還嘴硬，要不是我今天來撞見了你還準備瞞我到什麼時候？」

顧尋手裡的動作沒停，反而有點不耐煩地加快。

「沒準備瞞妳。」

顧韻萍又問：「那你們未來有什麼安排？」

在顧尋二十二年的人生裡，不知道聽顧韻萍說了多少次「安排」。

這兩個字一出現就會自動牽扯住他某根抵觸神經。

但是想到岳千靈，他還是忍住衝動，開口道：「我們會認真考慮。」

聞言，顧韻萍笑了笑，抬手拍了拍他的肩膀。

「現在說這個是有點早，不過早做安排自然是更好的，行，等一下再說，我先出去了。」

「……」

等顧尋從廚房出來，顧韻萍拿著包起身。

「不早了，我明天還有事，先回酒店了。」

岳千靈順著她的意思開口道：「那我回去了。」

這次顧尋沒攔著她，點了點頭，隨後轉身拿起車鑰匙，對顧韻萍說：「我送妳。」

顧韻萍：「好。」

岳千靈和他們一同出門，在電梯前和顧韻萍禮貌地道了別。

等兩人消失在視線裡，她嘴角的笑意漸漸消失，盯著電梯門有些出神。

怎麼感覺今天顧尋有點不高興。

思及此，岳千靈沒有急著回自己家。

半個小時後，顧尋回來了。

他並不知道岳千靈還在他家裡，垂著腦袋朝房間走去，整個人身上透著一股低氣壓。

岳千靈不知道他和顧韻萍路上又說什麼，只覺得他的心情好像更不好了。

於是她眼睜睜看見他打開房間門，才開口說話：「你沒看見這裡有一個活生生的女朋友嗎？」

顧尋一回頭就和岳千靈視線相接。

她的眼神似乎永遠都像一汪清泉般乾淨，在這燥熱的夏日掃清空氣裡的沉悶。

顧尋隨即便轉身坐到她身旁，被她身上的洗髮精清香包圍。

「在等我？」

「不是你說晚上要陪我嗎？」岳千靈突然歪著頭看顧尋的眼睛，「你今天是不是心情不好？因為你媽媽嗎？」

顧尋沉沉地看著岳千靈，一時間不知道怎麼跟她說自己家裡那些糟心事。

岳千靈也不急，穿上鞋子起身朝廚房走去。

「沒有什麼是一瓶快樂水解決不了的，不行就——」

當岳千靈打開冰箱門，看見裡面的東西，突然愣住。

好一陣子，她才轉頭問顧尋：「今天是你生日？」

顧尋低低地「嗯」了一聲，「妳這個當女朋友的現在才知道？」

岳千靈見顧尋沒有回頭的意思，便把冰箱裡的東西捧了出來。

「你自己買的還是阿姨買給你的？」

聞言，顧尋倏地回頭。

當視線落在岳千靈手裡的生日蛋糕上面時，他的神情突然僵住，只有眸子裡的光亮倏忽閃爍。

岳千靈並不知道顧尋在想什麼，只是過意不去地嘆了口氣。

唉。

她這個女朋友當得太不盡責了，竟然連他的生日都沒有問過。

想到這裡，岳千靈三、兩步走到客廳，把蛋糕放下，抬頭看了看時間。

「還早，要不然你等我一下，我出去買個生日禮給你——」

她最後一個字還沒說完，整個人就被顧尋拉進懷裡。

「不用，妳在這裡就行了。」

他將頭埋在她的頸窩，身體緊緊相貼。

岳千靈能清晰地感覺到他的胸口正在劇烈起伏著。

正因為如此，她更不能就這麼算了。

可是見顧尋此時的狀態，大概是不可能放她離開的。

安靜地想了一陣子，岳千靈突然福至心靈。

她掙脫顧尋的懷抱，三步並作兩步朝自己家跑去。

「你等我一下。」

岳千靈離開的這幾分鐘，顧尋盯著桌上的蛋糕看了半晌。

隨後，他起身找了打火機，把蠟燭一根根點亮。

當六根蠟燭全部亮起時，客廳的燈突然滅了。

顧尋一回頭，見岳千靈站在玄關旁，收回關燈的手。

她原本披散在腦後的長髮此時變成了丸子頭，雙手也負在身後，不知藏著什麼東西。

「雖然你說我陪著你就行了，但是……儀式感還是要有的。」

她一步步朝顧尋走來，黑暗中，突然伸出手，掌心裡似乎放著什麼小東西。

顧尋看不清，把那東西拿起來，借著蠟燭的光亮仔細辨認，竟然是一個紅色蝴蝶結。

顧尋不解，「這是給我的禮物？」

我看起來像是喜歡這種東西的人嗎？

「不是，但是你可以把這個套在我的頭髮上。」

岳千靈坐到他身旁，俯身湊到他面前。

燭光在兩人之間跳躍閃動，晦暗的光線中，顧尋看見她笑出兩個酒窩。

「我把自己變成禮物送給你。」

室內只有微弱燭光照明，岳千靈看不清顧尋的表情，就這麼攤著掌心，蝴蝶結卻遲遲沒有被拿走。

在這樣的氣氛下，岳千靈後知後覺地帶入顧尋的角度想像一下自己剛剛說的這番話，發現自己這個小學生行為確實有點傻，也難怪顧尋不接。

他此時的沉默大概是在思考她的智商有沒有三位數。

思及此，岳千靈嘴角的笑容消失，訕訕地別開臉，準備起身。

「不要就算了，你當我沒說。」

結果剛收回手，顧尋就拉住她的手腕，一根根地掰開手指，拿走那個蝴蝶結。

不過他沒有下一步動作，只是垂眼看著岳千靈。

「妳真的想好了嗎？」

岳千靈抬眼，臉上有些許不解。

「這有什麼想好不想好的？」

顧尋沒說話，岳千靈也不知道他在想什麼，只見他沉默了好一陣子後，突然彎腰湊到她臉前，靠得極近。

「可是，」他嘴角慢慢噙起笑，「我還沒準備好呢。」

岳千靈：「你有什麼需要準備的，聽我的就行。」

顧尋抬眉：「這麼野啊寶貝？」

「……」

此時此刻，岳千靈才反應過來他為什麼笑得不正經，神情頓時一僵。

我靠。

我靠！

兩人的對話又在岳千靈腦海裡轉了一圈，但路線已經完全跑偏。

明明是顧尋自己說不需要額外準備禮物，陪著他就可以了。只是岳千靈覺得這是和他度過的第一個生日，就算只是陪伴也需要一點儀式感。她甚至想好了等顧尋為她戴上蝴蝶結她就抱一抱他，肉麻地告訴他「今晚我和月亮都是你的」。

這多麼浪漫啊。

這多麼有意義啊。

結果顧尋好像想歪了？

他該不會以為她是主動來鼓掌的吧？

下一秒，顧尋的回答印證了岳千靈的猜測。

「那我也需要準備點——」他徐徐抬起上半身，靠著沙發，用那雙帶著笑意的眼睛睨了一下蹲在地上的岳千靈，隨後無聲地說了三個字。

岳千靈從嘴型看出他在說什麼。

「……」

岳千靈無言以對，心想這生日還是別過了吧。

此刻她也慶幸自己進來的時候把燈關了，這樣顧尋就看不到她的窘態。

但是沉默有時候比表情更能表達情緒。

顧尋見她久久蹲著，似乎連起身都忘了，終於憋不住笑了起來。

岳千靈從來沒見過顧尋笑成這樣。

雖然這份快樂是她給的，但她並沒有感到開心。

「你閉嘴，我根本不是那個意思！」

說完以後她才發現自己此時的解釋根本沒什麼用，於是一把從他手裡奪回自己的蝴蝶結，起身準備走。

剛伸直了腿，身後的人忽然拉住她的手腕，用力往後一拽，她整個人坐進顧尋懷裡。

他從背後抱住她，雙手扣在她小腹處，順便拿回了蝴蝶結。

「好吧，那禮物我收了，現在告訴我要怎麼做？」

岳千靈被他的氣息包圍著，認真地想了想。

「你先——」

「先脫褲子還是先脫衣服？」

「……」

岳千靈深吸一口氣，手肘往後一捅。

這人總能在她這找到挨打的捷徑也真是不容易。

聽到顧尋吃痛地「嘶」了一聲，岳千靈面無表情地對著蠟燭說：「你先脫脫你腦子裡的水吧。」

這個晚上顧尋既沒有脫成褲子也沒有脫成衣服，甚至連沙發都沒有離開過。

他們兩人把蛋糕切了，但因為剛剛才吃過飯，沒什麼胃口，只是走走流程吃了兩口。

隨後顧尋打開電視，隨便找了一部電影，內容一般，甚至有點無聊，但他們有一句沒一句地聊著天，一眨眼竟也過了兩個多小時。

離開的時候，岳千靈回憶著今天晚上幹了什麼，覺得挺無趣的，一點都不像過生日。

可是一回頭看著顧尋的眼神，她又覺得他應該挺開心的。

於是，在關門前一刻，岳千靈突然探出一個腦袋，叫住了剛轉身回家的顧尋。

「對了，忘了跟你說。」

「嗯？」顧尋回頭。

「祝你生日快樂，也祝我……能陪你度過每個生日。」

說完，她一陣風似的關上了門。

三兩步躥進房間後，她倒在床上望著天花板，突然想到什麼，立刻拿出手機。

糯米小麻花：『不對不對。』

糯米小麻花：『我剛剛說錯了。』

校草：『？』

糯米小麻花：『不是祝你生日快樂。』

糯米小麻花：『是祝你天天都快樂。』

能不能天天快樂顧尋不確定，但他知道自己今天晚上確實挺快樂。

即便沒有什麼特別的生日禮物，也沒有一大群朋友聚在一起狂歡，但今天的生日卻讓他感覺格外隆重。

糯米小麻花：『對了，順便代替我感謝一下阿姨。』

校草：『？』

糯米小麻花：『謝謝她在二十二年前的今天把你生下來。』

糯米小麻花：『讓我有機會遇見你。』

這句話剛傳出，她又收回。

校草：『？』

糯米小麻花：『讓你有機會遇到我（得意）。』

此時躺在床上因為第一次說了這麼直白的情話而感到害羞的岳千靈正在捂著臉打滾，並不知道顧尋盯著那句「謝謝她在二十二年前的今天把你生下來」看了有多久。

畢竟在這之前的很多年，每次到了生日這一天，顧尋看到林宏義的冷臉，就會回想起他那句「我他媽當初讓妳去做手術，結果妳非要生下來」，時時刻刻提醒著他，他的出生對自己的親爸來說是禍害。

終於有一天，有人說了另一句話，占據了那句魔咒在他腦海裡的位置。

與此同時，顧韻萍躺在酒店裡，久久未能入睡。

她手裡捧著一本書，卻一個字都看不進去。

原本以為她今天的造訪算是主動給了一個臺階，吃飯的時候氣氛也還算和諧。

但在回酒店的路上，她跟顧尋說起工作上的事情，卻又不歡而散。

她想不明白自己到底哪裡做得不對，甚至和小麥或者駱駝的媽媽比起來，她付出了幾十倍的關懷。

可她和顧尋的關係卻連其他母子的十分之一都比不上。

直到近十二點，顧韻萍的手機震動了一下。

她連忙拿起來看，是一則來自顧尋的訊息。

『媽，謝了。』

一年中最熱的幾天過去了，天氣開始逐漸溫和。

顧韻萍專案上的問題遲遲解決不了，這一個多月一直待在江城。

因為那天晚上收到的簡訊，她雖然沒說什麼，但像是受到了鼓舞，只要有空就會提著大包小包來顧尋家一趟，幫他的冰箱裡填滿蔬菜水果，順便做一頓豐盛的晚餐，把岳千靈叫過來吃飯。

一開始岳千靈還有點拘謹，後來次數多了，她在顧韻萍面前漸漸放得開了，嘴巴像抹了蜜一樣瘋狂對她的廚藝拍馬屁。

顧韻萍嘴上不說什麼，心裡卻很受用，每週變著花樣下廚，沒一道菜是重複的。

畢竟這些話在顧尋嘴裡很難聽到。

也不知道是不是有岳千靈的原因，這段時間顧尋和顧韻萍的相處還算平和，沒怎麼出現冷臉的情況。

直到顧韻萍要離開江城的那個週末，三個人又坐在一起吃飯，顧韻萍問起了岳千靈的工作情況。

「我聽妳媽媽說妳從高中就開始學美術了是吧？」

「其實從小學開始就一直跟著老師學了。」岳千靈回答道，「只是高中的時候才決定要以這個為志向，轉去了藝術班。」

「既然學了這麼多年美術，為什麼要去遊戲公司？」顧韻萍認真地看著她，「去當美術老師，或者做畫家什麼的不是更好嗎？」

岳千靈從沒有遇到過這種提問，一時間不知道怎麼回答。

沉默間，顧尋擰著眉放下筷子：「媽，妳能不能別問了？」

「我只是跟她隨便聊聊。」話雖這麼說，顧韻萍的語氣卻特別認真，「顧尋學電腦的，非要去遊戲公司也就罷了，可美術是一門藝術，妳去遊戲公司任職難道不是埋沒了妳的天賦嗎？」

不等岳千靈回答，顧尋就說道：「媽，這是她的愛好，妳別管那麼多。」

顧韻萍也沉下了臉，嚴肅地說：「什麼叫我管得多，我提一點建議都不行嗎？」

看著桌上氣氛開始不對勁，岳千靈連忙插嘴。

「阿姨，我現在工作挺好的，待遇也高，不比當老師或者傳統畫家差的。」

雖然顧韻萍並不認同岳千靈的說法，但也沒再說什麼，只是低聲嘀咕了幾句。

「這些年遊戲害的青少年還不少嗎，每次上新聞都是負面消息。」

其實現在很多中老年人對遊戲依然持反對態度，岳千靈也見怪不怪了，只是她沒想到顧韻萍竟能一語成讖。

幾天後的一個早上，岳千靈剛到公司就看見同事們三兩成群地聊天。

她放下包，想找黃婕說點事情，卻見她也在茶水間跟人討論著什麼幾十萬的事情。

加入聊天後，岳千靈很快瞭解了事情。

昨天晚上有個人打電話到公司客服，聲稱他上國中的兒子因為玩ＨＣ互娛的一款手遊，偷刷他的卡氪了三十多萬，現在要求公司立馬退款。

遊戲公司遇到這種事情只能自認倒楣，誰讓玩家是個未成年，這件事要是鬧大了一定會影響公司的名譽。

三十多萬對一個遊戲公司來說不是什麼大事，作為員工，大家也都默認公司會退錢。只是即便退款，也有一連串公司流程需要進行，並且目前公司還在考慮利益最大化的處理結果。

這種情況不是第一次發生，公司有專門的公關應對，所以大家沒太放在心上，岳千靈也只是當做閒談，聽了就過了。

沒想到投訴人那邊認為這是遊戲公司的托詞，不僅報了警，還找來媒體曝光。

當天下午#國中生氪金刷掉父母三十六萬存款#就成了網路熱門新聞。

緊接著，有媒體打鐵趁熱，寫了一些通告指責HC互娛的乙女遊戲內容毀三觀，指責其女主角腳踏多條船，同時和多個男性角色發展情感線，價值觀崩壞，帶壞未成年女孩。

這種通稿本身就是為了吸引眼球應運而生，目標讀者也不是真正的遊戲群體，所以岳千靈她們小組都沒當一回事。

甚至趁休息時間還津津有味地看起了留言。

『不同時跟多個男人搞曖昧還玩什麼乙女遊戲？我直接看《烈女傳》得了。』

『什麼？跟多個男人搞曖昧？那我要入坑乙女遊戲了，晉江文學城沒有的乙女遊戲裡都有，哈嘶哈嘶。』

『我建議把袁隆平爺爺種的水稻都拔了，餓死這群吃飽撐著的。』

岳千靈她們被這些言論逗得咯咯笑，完全當成茶餘飯後的笑話。

然而這些新聞被顧韻萍看到後，又是另一番情況。

她本就對遊戲持偏見，認為那是玩物喪志的東西，一直試圖勸說顧尋找個「正經」工作。看到這些新聞，她對HC互娛的印象更是一落千丈，當天下午就打了通電話給顧尋。

顧尋當時正在會議室忙得抽不開身，於是他掛了電話了之後傳了訊息給顧韻萍。

菜也犯法嗎 sir：『急事嗎？不急的話晚點說，在忙。』

顧韻萍根本沒看訊息，只是一直打電話。

當第三通電話打來時，顧尋以為顧韻萍出了什麼事，立刻中斷會議，拿著手機去了走廊。

「怎麼了？」

顧韻萍和他說話向來沒什麼開場白，直接問道：『你們公司怎麼回事？』

最近的新聞顧尋也有耳聞，自然知道顧韻萍在說什麼。

不過他根本沒把這些小事放在心上，此刻還記掛著會議，便言簡意賅地說：「沒什麼大問題。」

『這還叫沒什麼大問題？』顧韻萍的聲音突然拔高，『都上新聞了呀！大家都在罵，你看不見嗎？』

不等顧尋回答，她又說道：『你說你做什麼不好，非要去做這些害人不淺的東西，我當初不同意你進遊戲公司，你連招呼都不打一聲就去了，這下好了，你看看你們公司現在這都什麼事啊？你為什麼非要跟我反著來呢？』

顧尋重重地呼了一口氣，沉聲道：「所以呢？」

『你趕緊出來吧，別待在這種公司了。』顧韻萍的語氣並不輕鬆，聲音裡充滿了擔憂，『其實我前段時間在江城也瞭解過現在的ＩＴ行業，明明有那麼多大好前程的公司你為什麼非要去一個遊戲公司呢？』

顧尋沒說話，顧韻萍以為他在認真考慮她的提議，便又說道：『我有大學同學現在就在做人工智慧，發展前景很好的，前幾天我跟他聊了一下你的情況，他是真的求賢若渴，非常希望你能加入他的團隊，你考慮一下吧，行的話下週我再來一趟江城帶你見見他。』

在顧韻萍說話的同時，易鴻打開會議室的門，朝顧尋揮了揮手，「還沒好啊？快點啊。」

顧尋閉了閉眼，壓住心裡翻湧的情緒，然後說了一句「我有事，先不說了」便掛了電話。

在那之後的一整個上午，顧韻萍又打來幾次電話，卻再也沒被接起過。

而岳千靈不久前才跟顧韻萍加了聊天軟體好友，平時也沒聊過天，對話欄裡至今還是空白一片。

所以看見她陡然打來語音通話時，岳千靈有點茫然，也有點緊張。

明知道沒有開視訊，她還是下意識理了理頭髮才拿著手機去了安靜的樓梯間。

『千靈，妳現在有空嗎？』

岳千靈下意識點一下頭，彷彿顧韻萍站在她面前似的。

「有空的，剛剛吃完飯，現在是午休時間。」

顧韻萍：『那妳能不能幫阿姨一個忙？』

岳千靈眨了眨眼，「什麼？」

『其實我一直不同意顧尋去做什麼遊戲開發的工作，可是他不願意聽我的，我也拗不過他。妳看看現在的情況，你們公司都上新聞了，聽說還有什麼甲乙遊戲帶壞小孩子，我真的不能接受顧尋在這樣的環境下工作。』

『所以阿姨想請妳幫幫忙，能不能勸一下顧尋？他不聽我的，但是肯定聽妳的。』

岳千靈安安靜靜地聽顧韻萍說了好幾分鐘，終於提煉出她的核心觀點。

沉吟片刻後，岳千靈終於開口。

「阿姨，我覺得……您是不是對遊戲有什麼偏見？」

行人來了又走，太陽悄無聲息地藏進了雲層裡。

直到手機快沒電了，岳千靈才結束這通電話，揉了揉站疲的腿，回到自己的座位繼續畫線稿。

她從來沒有跟一個長輩聊過這麼多關於遊戲的內容，甚至還搬出了「第九藝術」這個觀點。

顧韻萍全程沒怎麼說話，只在掛電話前一刻，她才嘆了口氣，語氣沉重地說：『顧尋從來沒有耐心跟我說這麼多，唉，我再想想吧。』

岳千靈也不知道她到底有沒有聽明白，總之她能說的都說了，能不能扭轉顧韻萍的偏見也不是她能決定的事情。

晚上九點，顧尋終於忙完手頭上的事情。

他知道岳千靈還在樓下焦頭爛額地趕線稿，思忖著是等她一下還是先把她帶回家。

剛打開岳千靈的聊天欄，顧韻萍便打來一通電話。

顧尋看見來電顯示，剛剛鬆懈下來的神經又重新緊繃。

他端著手邊的涼水喝了一大杯，才有心思接起電話。

顧韻萍：『你忙完了嗎？』

顧尋深深地吸了一口氣，「嗯」了一聲，已經準備好洗耳恭聽顧韻萍的緊箍咒。

然而她卻沉默了。

顧尋也沒主動開口。

一陣子過去，顧尋聽到顧韻萍嘆了口氣。

『今天早上我跟你說的事情，你就當我沒說吧。』

「妳怎麼了？」顧尋聞言，神色更沉重，「媽，妳跟我說話沒必要轉這麼多彎，有什麼就直說吧。」

『我沒跟你轉彎。』

顧韻萍的聲音有些低沉，聽得出來心情不太好，但語氣裡至少沒有咄咄逼人的態度。

『中午跟千靈聊了一個多小時，我其實也不是很懂，但勉強能理解一點吧。既然遊戲還是有前途的，那你想做就做吧。』

顧尋目光一凝，盯著桌上的水杯，一時間沒接話。

『要入秋了，你記得多穿點衣服，少喝那些碳酸飲料。』

掛了電話，手機畫面自動退回聊天畫面。

顧尋盯著岳千靈的頭像，神色微動。

這時，她正好傳來訊息。

糯米小麻花：『我畫不出來啊畫不出來啊！』

糯米小麻花：『為什麼線稿這麼難 QAQ。』

糯米小麻花：『一個月了，我連線稿都畫不出來，我是個廢物！』

糯米小麻花：『嗚嗚嗚我是個廢物！』

糯米小麻花：『我的存在還有什麼意義，我就是在地球上浪費空氣的人吧 TVT。』

糯米小麻花：『？』

糯米小麻花：『你人呢？』

糯米小麻花：『快出來誇誇我，給我點自信。』

菜也犯法嗎 sir：『嗯。』

菜也犯法嗎 sir：『妳知道嗎，其實我爸這輩子最後悔的事情就是生下了我。』

糯米小麻花：『？』

菜也犯法嗎 sir：『他覺得是我拖累了他的人生，我禍害了他一輩子。』

菜也犯法嗎 sir：『我媽雖然跟我爸不一樣，但她的付出常常讓我覺得很崩潰。』

菜也犯法嗎 sir：『所以有時候我經常在想，如果當時我爸媽沒有生下我，是不是對大家都好。』

糯米小麻花：『……』

糯米小麻花：『抱抱。』

糯米小麻花：『不是，我叫你誇誇我，不是讓你跟我比慘的！』

菜也犯法嗎 sir：『但是自從有了妳。』

菜也犯法嗎 sir：『我覺得我很幸運。』

第二十六章　*Hello，world*

岳千靈跟顧尋傳訊息不是單純沒事找話聊。

她是在衛翰和宿正的認可下接下西格莉德這個任務，頂著壓力的同時懷揣著一點點野心努力跟上他們的節奏。

草圖階段的確順利，但這一個月來，線稿的無數次推翻返工，正在悄無聲息地蠶食著岳千靈的信心。

到這時她才有點明白為什麼有人說人生的第一份工作很重要。

大三實習期開始，岳千靈就進入了ＨＣ互娛的乙女遊戲組，當時還獲得不少同學羨慕的眼光。她自己也挺滿意，特別是正式工作後，她的產出通過率超過了黃婕和尹琴她們這些前輩，是小組裡一次過次數最多的人。

這份工作她幹起來得心應手，即便是後來一心想辭職，也只是因為與工作無關的事情。直到現在她才意識到，只有在走下坡路的時候才會讓人感覺到毫不費力。

將草圖進一步視覺化的這一部分工作，需要提取精準的設計線稿以供後期上色，同時還要添加必要的注解和說明以保證後續的３Ｄ建模以及渲染、技術美術能夠準確明悉設計意圖。

在畫乙女卡面的時候，岳千靈做起這個步驟簡直是遊刃有餘，一口氣上色以及後期調整，不需要想太多。

所以她沒想到在西格莉德這裡，她會在線稿上卡這麼久。

偏偏3D建模那邊一直催，岳千靈感覺自己的頭髮都快掉光了。

心理壓力無處排解，覺得自己簡直是個廢物，她才一連串傳了這麼多訊息給顧尋。

但沒想到顧尋的竟然是這樣的回答。

泰山般的壓力被他這幾句話輕輕撥開，岳千靈捧著手機看了好一陣子，不知道是要為他說的話感到高興，還是先安慰他。

原來他跟爸爸的關係竟然是這樣的。

難怪他上次趕回去去探望受傷的爸爸回來後，竟然是那樣的反應。

至於他說的「我媽雖然跟我爸不一樣，但她的付出常常讓我覺得很崩潰」，岳千靈其實不太能理解。

這些日子顧韻萍時常過來看他，會買很多生活用品給他，會做豐盛的晚餐，還會幫他打掃家裡。

好像很多媽媽都是這樣的，畢竟上次鞠雲珍來的時候做的事情和顧韻萍差不多。

岳千靈對此習以為常，並不覺得有什麼不對勁的地方。

不過她確實能感覺到顧尋和顧韻萍的相處確實不像普通母子那般親密，所以她把這歸根於顧尋的性格就是這樣。

畢竟她和顧尋在一起之後，他也不是隨時黏黏膩膩，只有在無人處才會浪起來。

不過岳千靈想起今天中午顧韻萍打來的那通電話，她似乎又有點感覺。

岳千靈想了想如果是鞠雲珍看見她們公司出了這些負面新聞，大概也會憂心忡忡，但應該不至於直接提出希望她換工作？

她不太明白顧韻萍到底給了顧尋怎樣的壓力，不過這時回想他去年春節沒有回家，一個人在江城過年，應該也跟這些事情有關。

沉默了好一陣子，岳千靈不知道回他什麼，便打了五個字。

糯米小麻花：『我們回家吧。』

校草：『好。』

收拾好東西後，岳千靈拎著包急急忙忙地跑向電梯。

第一趟電梯下來，停在岳千靈面前，她往裡看了一眼，沒見到顧尋，便不打算進去。

裡面正好有一個第九事業部的同事，見她沒動，便問道：「妳不進來？」

岳千靈笑著搖頭：「我等下一趟。」

同事心領神會，笑道：「等顧尋啊？」

岳千靈還是點頭。

自從上次被黃婕和易鴻撞破關係後，岳千靈在公司裡依然和顧尋保持著正常同事的相處方式。

雖然公司沒有禁止辦公室戀情，甚至還鼓勵員工內部消化，但岳千靈始終覺得在工作環境下秀恩愛不太好。

不過這種事情哪逃得過的同事們的眼睛，中午吃飯以及上下班時間偶爾遇到，大家也都心知肚明瞭。

那些平時沒怎麼打交道的同事聽說這個八卦時一點都不震驚，覺得好像是理所應當的事情。

「噢，我剛剛看他忙完了，應該馬上就下來了。」

同事說完，便關上電梯門。

岳千靈又垂下頭，拿出手機想問問顧尋下來了沒。

但她一打開對話框，視線落在那句『如果當時我爸媽沒有生下我，是不是對大家都好』上。

記得很久以前，岳千靈跟印雪聊起顧尋，她當時非常誇張地說他是「基因彩券、女媧炫技」，印雪雖然沒有她那麼浮誇，但也沒否定這個說法。

畢竟在所有人眼裡，顧尋已經擁有了上天最好的恩賜。

優越的外形，出類拔萃的智商，以及富足的家庭條件。

這三樣中的任何一項都足以讓人豔羨，但岳千靈沒想到顧尋竟然一直覺得自己的出生是個錯誤。

他怎麼能這麼想呢。

岳千靈沉沉地嘆了一口氣，胸腔裡充斥著酸酸漲漲的情緒。

這時，一聲「叮」響起，岳千靈抬頭，便看見顧尋站在電梯裡。

他清瘦的身形瞬間佔據了岳千靈所有注意力，她什麼都沒說，跨進電梯，伸手環住他的腰，把頭貼在他的胸前。

「……」

許久之後，顧尋抬手摸了摸她的頭髮。

「怎麼了？」

「沒怎麼。」電梯不知停在哪一層，岳千靈沒注意，只是把手臂收得更緊了些，悶悶地說，「想抱抱你都不可以嗎？」

門口突然響起一道熟悉又陌生的女聲。

「可以是可以，但是你們是不是也太不把我當外人了？」

「……」

岳千靈回頭一看，倏地愣住。

剛剛她滿心滿眼都是顧尋，沒注意到電梯停在某一層，此時老闆正抱著雙臂站在門口看著她們。

旁邊還站著幾個陌生人，眼觀鼻鼻觀心，嘴角卻在憋笑。

一秒後，岳千靈收回自己的手，面無表情地轉身看著電梯門。

難得撒嬌一次就被人撞見，還是老闆，岳千靈此刻只想找個洞把自己埋了。

但電梯裡顯然沒有洞可挖，岳千靈只能讓自己強行鎮定，不動聲色地在身後掐顧尋，示意他說點話轉移一下話題。

接收到岳千靈的意思，顧尋抬手攬住岳千靈的肩膀，並轉頭對老闆說：「公司是我家，老闆您當然不算外人。」

「……」

承蒙顧尋的解圍，岳千靈的嘴縫上了二十分鐘。

直到進了社區電梯，她才沉沉地嘆了一聲氣。

「怎麼了？還在想線稿的事情？」

「是啊。」岳千靈垂著眉眼，有氣無力地說，「你說剛剛老闆碰見了我們，會不會覺得我是因為談戀愛才耽誤了最近的進度。」

顧尋側頭打量她幾眼，倏地笑了。

「照妳這麼說，我算是禍水？」

岳千靈覷他一眼，沒說話。

「可是禍水這個帽子都帶上了，是不是該讓我幹點實質性的禍事？」

「沒跟你開玩笑。」岳千靈抬起手，盯著自己的十指，「看來是我太自負了，其實這只是一雙普普通通的手，並不能挑起這種任務。」

她頓了頓，緩緩垂下手。

「唉，要不然還是算了吧，我感覺我要耽誤3D建模的進度了。」

下一秒，她垂下的手突然被顧尋握住。

「算什麼算？」他的手指插入她的指縫，緊緊扣住，「妳知道衛翰他們為什麼能在幾百張例圖中選到妳嗎？」

岳千靈愣了片刻，說道：「因為我恰好是公司裡的人，比較方便？」

「不是。」電梯正好到了，顧尋牽著她走出去，站在她家門口，一字一句道，「天賦型和努力型確實都能達到相差無幾的結果，但是塑造它們的卻是兩股截然不同的力量，不然妳以為第九事業部那麼多經驗豐富的原畫師，為什麼最後卻需要妳來幫他們走出迷宮？」

岳千靈眨了眨眼，好一陣子，才低沉地說：「可是我擔心影響——」

「別擔心。」顧尋突然一用力，把她拉進懷裡，在她耳邊輕聲說，「所有妳害怕的前路，我都願意陪妳走。」

長這麼大，岳千靈一直是一個情緒來得快也去得快的人。

她很明白術業有專攻這個道理，所以不期盼顧尋能在她的工作上幫上什麼實質性的忙。

但是他的那句話像是一個軟床，讓她這幾天懸空的心有了著力點，把滿腔的悵惘一掃而空，沉在漫漫的安全感中。

第二天一早，她又像隻小工蟻一般躥到公司頂樓。

另一邊，顧尋剛坐下來便接到顧韻萍的電話。

『我明天早上的航班回去，晚上一起吃個飯吧。』

顧尋「嗯」了一聲，顧韻萍又說：『晚上去外面吃，我看過了，離你們公司挺近的，我等一下把地址傳給你，六點半能準時到嗎？』

顧韻萍的話說得挺平常，但顧尋卻察覺到一絲異樣。

正好這時候岳千靈抱著電腦和衛翰一同經過，顧尋盯著她的背影看了片刻，才說道：「只有我們兩個人吃飯嗎？」

顧韻萍：『那你把千靈叫上呀。』

這個回答模稜兩可，顧尋還想再問點什麼，這時候宿正過來找他有事，他便應了兩聲，掛了電話。

到了下午六點，顧韻萍準時傳訊息來催，顧尋只好先放下手頭的事情，帶上岳千靈一同前往顧韻萍訂的餐廳。

岳千靈原本以為只是隨便找個地方吃飯，沒想到這個地方看起來還挺高檔，通向包廂的走廊上陳設著花瓶，牆壁上用以照明的燈形古樸雅致，就連在前方引路的服務生也穿著講究。

怎麼看都不像是吃家常便飯的地方。

岳千靈心裡有些許疑問，只是還沒來得及說出口，他們便已經站在了包廂門口。

服務人員為他們推開門，做了一個「請」的手勢。

兩人朝裡面一看，在座的除了顧韻萍，還有一個陌生的中年男人。

岳千靈不知道他是誰，想問顧尋這是誰。

然而她一抬頭，卻見顧尋的眼裡浮上了一層煩躁。

「你們來啦？快過來，我跟你們介紹一下。」顧韻萍笑盈盈地起身，朝兩人招手，「這是馮叔叔，我昨天跟你提過的。」

說完，她又轉身對馮展超說，「這就是我兒子，這個女生是他的女朋友。」

馮展超笑著跟兩人點點頭，「剛下班吧？快坐快坐，叫服務生上菜了，別餓著兩個孩子。」

岳千靈依然沒搞清楚現在的情況，見顧尋的表情不太自然，腦海裡便出現一個很狗血的場景。

這該不會是顧韻萍的男友，顧尋未來的繼父吧？

在她出神的時候，顧韻萍興致高昂地對馮展超說：「這個女孩你覺得眼熟嗎？」

馮展超隨即把目光落在岳千靈臉上，若有所思。

「妳這麼一說，確實有點眼熟。」

「她是以前我們班那個鞠雲珍的女兒啊！」

「噢，是像是像！簡直是同一個模子刻出來的，當年鞠雲珍就是我們學校有名的大美女啊，沒想到一轉眼女兒都這麼大了。」說完，他轉頭看向顧韻萍，「那你們可是好緣分啊。」

顧韻萍笑而不語，示意服務生幫岳千靈和顧尋倒水，隨後說道：「馮叔叔是我大學校友，跟你一樣也是學電腦的，後來去日本留學，專攻人工智慧，現在回國創業，有很多專利產品，公司已經進入二輪融資了。」

馮展超接話道：「我聽你媽說了你的情況，還專門看過你大學發表的期刊論文，比我當初厲害多了。」

話題在顧尋身上，岳千靈不好插話，而主人公本人卻也只是笑了笑，什麼都沒說。

顧韻萍知道他的性格，便代替他把話說了：「他現在在做遊戲開發。」

「我知道我知道，妳說過的。」馮展超連連點頭，「現在的遊戲開發也很厲害，除了AI和人機交互這些領域，還涉及動作捕捉和面部捕捉這些技術，不比我們人工智慧簡單。聽你媽媽提了之後，我就一直想跟你認識認識，不過前段時間很忙，直到今天才有時間。」

噢，原來是這樣。

岳千靈鬆了口氣。

不是大型認父現場就好。

隨後，馮展超又問了顧尋幾個專業上的問題，岳千靈這個外行都聽得出來他肚子裡有貨，確實是個技術大拿。

但顧尋的情緒好像並不好，雖然一個個答了馮展超的話，但從不主動挑起話題，岳千靈能感覺到若是馮展超不提問，整個包廂就會立刻冷場。

這個情況有點眼熟。

岳千靈想到了大三那年她和顧尋以及顧韻萍一起吃飯的時候，他也是這個狀態。

於是，趁服務生上菜的間隙，岳千靈偷偷傳訊息給顧尋。

糯米小麻花：『你不開心？』

桌上手機震動了一下，顧尋拿起來一看，面無表情地打字。

校草：『嗯。』

校草：『如果不是妳在，我開門的時候就想掉頭走人。』

糯米小麻花：『你不喜歡這個馮叔叔？』

校草：『我不是不喜歡他，是不喜歡我媽這個方式。』

岳千靈怔了一下，還想繼續問下去，但感覺當著長輩的面一直玩手機不太禮貌，便重新抬起了頭。

這頓飯吃了將近一個多小時，到後面馮展超也沒什麼話說了，作為一個中年人他哪能感覺不到顧尋的情緒，便以自己有事為藉口結束了這次見面。

顧尋不缺禮數，和和氣氣地把他送了出去，一回頭便對上顧韻萍的冷臉。

母子倆什麼都沒說，朝停車場走去。

「送妳回酒店？」顧尋問。

「不用，先送千靈回家吧。」顧韻萍拉開副駕駛座的門，對顧尋說，「我去你家裡坐坐。」

顧韻萍話裡的意思非常明顯，於是一上樓，岳千靈和她道了別便回了自己家。

等她的門一關上，顧韻萍臉上神情一垮，兀自轉身去開顧尋的門。

進去後，她沒坐下，而是端正地站著，昂著下巴盯著顧尋。

「你今天是什麼意思？」

「我沒什麼意思。」

顧尋垂著頭，把車鑰匙一放便去冰箱裡拿水。

顧韻萍的視線緊緊跟著他的背影，深吸一口氣壓制自己的情緒。

「我只是讓你跟馮叔叔認識一下，你有必要這麼個態度嗎？」

顧尋單手撐著冰箱門，唇抿成一條直線，就這麼站著沒有下一步動作。

許久，他才開口：「我跟妳說過我現在的工作很好，不想去做什麼人工智慧。」

「我知道呀！」顧韻萍兩三步走到他身後，「昨天我跟千靈講了一個多小時的電話，她跟我說了很多關於你工作上的事情，我也理解的，跟你說了你可以去做你想做的。但是馮叔叔所在的領域跟你是有重合的，萬一以後你想試試別的工作了，擁有這樣一個人脈對你有什麼壞處嗎？」

「沒什麼壞處。」顧尋冷冰冰地說，「但是妳為什麼不提前跟我說一聲？」

顧韻萍：「我跟你說了你還會來嗎？」

「所以妳也知道我不喜歡。」顧尋轉頭直視顧韻萍，眼裡含著複雜的情緒，「那妳為什麼不能尊重一下我的意願？」

聽到「尊重」兩個字，顧韻萍重重地擰起了眉。

「只是吃一頓飯而已，你至於把事情想得這麼嚴重嗎？」

顧尋想說什麼，卻覺得自己沒什麼好說的。

他的呼吸變得沉重而急促，許久，才沉沉地說：「媽，我二十二歲了，不是十二歲，妳能不能不要插手這麼多？妳這樣真的讓我很累。」

聽到這句話的瞬間，顧韻萍的情緒土崩瓦解，血液像是凝固在體內一般，渾身發冷。

很累？

她的關心，她的計深遠，在他眼裡竟然只值「很累」這兩個字？

所以他長大了，已經完全不需要她了是嗎？

他們進門的時候沒來得及開燈，此刻屋裡的光源只有窗外影影綽綽的夕陽。

昏暗中，顧韻萍垂頭抹了抹臉，長嘆一口氣。

「好，我知道了，沒什麼好說的了，你早點休息，我回酒店了。」

回家後的一個多小時，岳千靈洗了澡，換了床單，還把家裡打掃了一遍。

一閒下來，她的心思又飄到顧尋那邊。

也不知道他們聊完了沒，情況好不好。

在房間裡踱了幾分鐘步後，岳千靈還是沒等到顧尋傳訊息給她，心裡越發擔憂。

該不會是吵起來了吧？

思及此，岳千靈立刻跑去廚房切了一盤水果，然後端著盤子朝外走去。

切水果的時候她還在想，等一下要是見兩人都黑著臉，要說點什麼緩和氣氛。

然而一開門，卻看見顧韻萍站在顧尋家門口，背靠著牆，腦袋垂著，雙手捂著臉。

岳千靈遲疑開口：「阿姨？」

走廊裡的聲控燈沒有亮，暮色冥冥中，顧韻萍應聲抬起頭，岳千靈看見她臉上掛著兩行淚。

和顧尋家相比，岳千靈的客廳明亮許多。

她沒有開冷氣，窗戶大開，任由晚風肆意闖入，帶走夏末的悶熱。

岳千靈在廚房倒了一杯熱水，沒急著出去，而是轉頭看了坐在沙發上的顧韻萍一眼。

進來這幾分鐘，她已經儘量收斂自己的情緒，只是靜靜地坐在哪裡，桌上放著一團她用來擦眼淚的紙巾。

岳千靈的成長環境挺簡單，和其他家庭差不多，父母偶爾小吵小鬧，但二十年多來沒有出過大矛盾，家裡也沒有遭遇過什麼變故，所以岳千靈從來沒有見過長輩在她面前落淚。

如今這情形擺在她面前，她根本不知道該說什麼，甚至連話題切入點都找不到。

走過去時，顧韻萍彎著腰，手肘撐著膝蓋，掌心依然捂著臉。

岳千靈把水杯輕輕地放在她面前，躊躇片刻，坐到沙發另一端。

顧韻萍沒有察覺到她的存在，於是幾秒後，岳千靈又朝她身邊挪了一點，然後輕聲開口：「阿姨，怎麼了？」

沒能立刻等到顧韻萍的回答，岳千靈也不著急，把水杯捧到她面前：「要不要先喝點水？」

顧韻萍終於把手掌從臉上移開。

她早已沒有化妝的習慣，但此時的面容卻像花了妝一般模糊，本就有了歲月痕跡的眼睛因為淚痕顯得疲憊不堪。

兩口水下肚後，顧韻萍擤了擤鼻子，朝岳千靈勉強扯出一個笑。

她原本想說「阿姨失態了，先不打擾妳了」，可是對上岳千靈的視線，那股浮在心裡的委屈又翻湧而出。

她急需傾訴，恰好眼前又有這麼一個人。

雖然她只是個小女孩，可是顧韻萍也找不到其他人了。

她緊緊握著手裡的杯子，溫熱一點點傳遞到手心，卻找不到合適的開場白。

直到岳千靈小心翼翼地問：「顧尋惹妳生氣了？」

「是我惹他生氣了。」顧韻萍垂下頭，嗓音裡還帶著哭腔，「我總是在惹他生氣。」

岳千靈：「是因為今天晚上安排吃飯的事情嗎？」

其實顧韻萍在開口的時候還沒想好要怎麼說出她和顧尋的爭吵，卻沒想到岳千靈的一句話便直指今晚的矛盾核心。

她很確定從他們到餐廳的那一刻，直到回家，岳千靈和顧尋一直在她眼皮子底下，沒有單獨說話的機會。

而此刻她詢問的語氣也不像是從顧尋那裡得知了今晚的始末。

可是這個和她相處次數一隻手都數得過來的女孩，還是什麼都看出來了。

那一剎那，顧韻萍有一種全世界只有自己置身於迷霧中的感覺。

誰都知道她和顧尋之間的矛盾，好像只有她自己不明白。

顧韻萍淚眼婆娑地看著岳千靈，久久不說話。

原本想要傾訴的苦衷頃刻間退了潮，委屈酸楚悄然消失，腦子裡空白一片，只剩一個問題在她胸腔裡轟然迴盪。

她的問題已經明顯到岳千靈一眼就能看出來了嗎？

片刻後，顧韻萍說：「我沒有逼他換工作，我只是希望他能沒有後顧之憂，身邊有更好的選擇，難道我做錯了嗎？」

這一刻，岳千靈才明白那天顧尋告訴她，顧韻萍的付出讓他很累是什麼意思。

可是岳千靈無法昧著良心說「妳沒有做錯」，也不能以一個晚輩的身分告訴她「妳錯了」。

書到用時方恨少，安慰人的本領到了這個時候才恨經驗少。

沉默半晌，岳千靈小心翼翼地開口。

「您給了他許多，但確定他真的需要嗎？」

「我不需要」這四個字她常常從顧尋嘴裡聽到，但在母子倆多年的抗衡中，她已經沒辦法理性地去思考顧尋這句話裡單純的字面意思，下意識將其評判為他的叛逆。

但是別人也這麼說的時候，顧韻萍突然意識到，她好像忽略了顧尋其實早就跟他表達過這個訴求了。

岳千靈覺得這些只是很平常的道理，可是顧韻萍此刻的反應卻明明白白地告訴她，顧尋大概從來不會說這些話。

也是。

岳千靈嘆了口氣。

他那個性格，怎麼可能跟他媽媽說這些話。

「他其實之前跟我說過，妳的付出讓他感覺心……」岳千靈頓了一下，沒有說出那個「累」字，「疼。」

顧韻萍抬起眼，怔怔地問：「他跟妳說他心疼我嗎？」

「當然啦。」岳千靈彎腰從桌上抽出一張紙巾，輕輕地擦一下顧韻萍眼角的淚痕，「他應該不好意思跟您說這些話吧？不過他私底下經常跟我說，他明明已經可以獨當一面了，可以成為您的依靠了，您卻好像沒有意識到這一點，還在為他操勞，他很心疼您。」

岳千靈在說起這種謊話的時候眼睛都不眨一下，甚至連語氣都像在模仿顧尋一般。

但是這並不重要。

因為顧韻萍聽到這句話後，雖然陷入沉默中，但情緒明顯平復了許多。

於是岳千靈腦子一熱，又說：「他有時候心疼到晚上都睡不著呢。」

顧韻萍微微一滯。

看見她這個反應，岳千靈心裡咯噔一下，恨不得時光倒流收回那句話。

欸我靠。

我靠！

我他媽都說了什麼啊！

好在顧韻萍並沒有質疑這句話的真實性，只是微怔地喝了一口水。

岳千靈鬆了口氣，終於找到契機說出自己一直想說的話。

「或許，二十二歲的他此時需求的是您放手，給他自由。」

在這三言兩語中，顧韻萍其實並沒有清晰地意識到自己的行為怎麼就沒有給他自由了。

但是她還沉浸在岳千靈剛剛那句「他很心疼您」中。

這麼多年以來，她所做的所有事情都是希望顧尋好，潛意識裡從來沒有想過要從他身上得到什麼回報。

可是當她聽到顧尋「很心疼」她時，她第一次意識到，原來自己也是渴望回報的。

這句話讓她感覺自己像是陷入一汪溫暖的泉水中，身上的繭殼被泡軟了，有一股終於喘過氣的感覺。

當一個人的心境是滿足的時候，總是更容易妥協。

可惜顧韻萍在和顧尋相處的大多時候都處於緊繃狀態。

只有此時，她內心是柔軟的，沒有了強硬的外殼，也沒有思考太多，只是順著岳千靈的話想下去。

既然他想要更多的自由，那就給他吧。

顧韻萍靜靜地坐了很久。

直到杯子裡的水澈底涼了，岳千靈說：「我再倒一杯熱水給您吧。」

顧韻萍恍然回神，連忙拿起包起身。

「不用不用，我打擾妳太久了，我先回酒店了。」

出門的時候，岳千靈看見顧韻萍的神情還有一些恍惚，不知道在想什麼。

岳千靈遞給她一瓶礦泉水，讓她路上喝。

隨後電梯門一關，岳千靈深吸一口氣，然後捂住自己的臉，將額頭抵在牆上。

天知道她剛剛跟顧韻萍說話的時候有多緊張。

她從來沒跟人有過這樣深切的談話，更別說對方是自己男朋友的媽媽。

也不知道有沒有說錯話，讓事情變得更嚴重。

更大的可能是顧韻萍回過神來，覺得她一個小屁孩哪裡來的臉跟她講大道理。

思及此，岳千靈感覺自己要窒息了。

她止不住地用額頭撞牆。

顧尋！你欠我的用什麼還！

當她第三下撞牆時，額頭突然觸到一片柔軟。

顧尋的聲音在她身後響起。

「妳在這幹什麼？做法嗎？」

「……」

岳千靈回頭瞪他一眼，「你沒事跑出來幹什麼？」

「當然是找妳。」顧尋收回墊在牆上的手，垂眼瞥她，「傳訊息給妳不回，待在這裡幹什麼？」

岳千靈靜靜地看著他，腦海裡回想起顧韻萍淚眼婆娑的模樣。

許久，她嘆了口氣，摸著自己的肚子說：「餓了，打算下去吃東西。」

顧尋抬眉，不解地看著她。

晚上的飯局岳千靈找不到什麼話題聊，便只顧著埋頭吃飯，如果他沒記錯的話，桌上的烤鴨有一半都是她吃的。

「這麼快就餓了？」

岳千靈昂起下巴鄙視他：「你這話是什麼意思？」

「沒什麼意思。」

顧尋牽起她的手往家裡走，進門後，他沒說什麼，直接去了廚房。

沒過多久，有動靜傳來。

岳千靈抬頭看去，見他正在燒水，爐邊放著一袋冷凍的水餃。

他在幫她做吃的。

岳千靈歪著腦袋靜靜地看著他的背影，沒說話。

十多分鐘後，他關了火，將一碗熱騰騰的餃子端到岳千靈面前，然後坐到她身邊，拿起手機開始翻看什麼東西。

從頭到尾，他都沒說什麼。

他似乎總是這樣，只做不說。

怪不得顧韻萍根本不知道他的想法。

「喂。」岳千靈朝他靠去，伸手戳他的嘴唇，「你是沒長嘴嗎？」

顧尋斜眼看過來，盯著她的雙眼，雙唇輕啟，下巴往下一抬便含住了岳千靈的指尖。

溫熱瞬間從指尖蔓延到岳千靈的臉上，她忙收回手，扭過頭嘀咕：「有病。」

顧尋笑，「我有沒有長嘴妳不清楚？」

岳千靈沒說話，他便繼續提示她：「妳前幾天不是啃得很過癮嗎？」

「……」岳千靈夾起一個水餃塞進他嘴裡，「你閉嘴吧。」

她現在知道了。

顧尋有嘴，只是沒有使用說明書而已。

安靜地吃了幾個水餃後，顧尋想起什麼，隨口問道：「妳剛剛打算一個人出去吃東西？」

岳千靈聽出了一種「妳居然打算吃獨食不叫我」的指責感，於是她咽下嘴裡的東西，平靜地說：「其實我剛剛碰到阿姨了。」

顧尋目光微閃，片刻後，才開口。

「她不是早就走了嗎？」

「沒走。」岳千靈淡淡道，「看見她在哭。」

雖然沒回頭，但是岳千靈能感覺到身後的人明顯愣了一下。

放下筷子後，岳千靈回頭看著他，「你要不要去找她？」

顧尋直接去了地下室停車場，離開社區開到十字路口時，他才想起忘了帶手機。

換做平時，不帶手機也沒什麼，但是他不確定今晚的顧韻萍會不會見他，所以他只好再折返一趟。

他把車停在社區門口，一路小跑進來。

此時天已經全黑了，四周的花圃綠植藏進夜色裡，僅有幾盞路燈照明。

顧尋一路朝他住的那棟樓走去，快要轉身進一樓大廳時，腳步突然一頓。

他回頭，看見顧韻萍低著頭坐在花圃旁的長椅上，根本沒有發現他的存在。

直到顧尋坐到她身旁，她才抬頭。

看見顧尋的那一瞬間，她詫異地張了張嘴，卻只是愣著，說不出話。

半晌，兩人同時開口。

「你怎麼下來了？」

「妳怎麼一個人坐在這裡？」

又是沉默片刻。

母子倆都沒有回答剛剛的問題，而是又異口同聲說了另外三個字。

「對不起。」

「對不起。」

顧尋像是被人揪了一下心口，他擰著眉說：「妳不用跟我說對不起。」

「要說的。」顧韻萍收了收腿，轉頭看著他，「你別不高興，我這次是真心的。」

這確實不是顧韻萍第一次跟他說「對不起」，但無一例外，她總是帶著強勢的諷刺意味，以道歉的姿態逼迫他接受自己的安排。

只有這一次，她是真心想跟兒子道歉。

「今天晚上我跟千靈聊天了，我發現我好像還沒有她瞭解你。」

顧尋突然抬眼，看向對面十三樓的燈光。

而顧韻萍沒有注意到他的表情變化，只是躊躇著伸手，小心翼翼地碰了碰他的手背。

「如果以後，你能像跟她說心裡話一樣跟我說，我覺得……其實我也可以和她一樣……去理解你。」

顧尋不知道岳千靈晚上跟顧韻萍說了什麼會導致她有這樣的態度轉變。

他思忖片刻，問道：「我跟她說什麼心裡話了？」

「她說……」顧韻萍其實有點難為情，頓了一下，才說道，「其實你很心疼我。」

初秋的晚風從他們面前吹過，有點涼，但也讓人清醒。

顧尋沒說話，依然緊緊盯著十三樓的窗戶，看見那個熟悉的身影在晃動。

此時的風裡只有顧韻萍的聲音。

「你不願意開口說的話，千靈都說給我聽了。如果沒有她，我都不知道你到底想要什麼。」

「媽媽這次是認真的告訴你，以後你不需要的東西，我不會強加給你了。」

顧尋和顧韻萍沒說太多話，兩人的性格早已根深蒂固，沒辦法在短時間內就徹底敞開心扉。

但是他們第一次這麼安靜又平和地在一張長椅上坐這麼久。

雖然沒聊太多，但在沉默中嘗試著一點點扭轉態度。

直到夜深了，顧尋把顧韻萍送回酒店再折返時，已經快十二點。

他推開門時，客廳裡的燈已經關了，但房間的門縫裡透著昏黃的燈光。

顧尋一步步走過去，把門打開，見岳千靈正坐在他書桌前，翻看一本遊戲雜誌。

她看得入神，沒發現顧尋的存在。

而顧尋也沒出聲，就這麼一直看著她。

他想起顧韻萍回酒店時，拜託他幫忙跟岳千靈道一聲謝，謝謝她今天花時間陪她說話。

可是這時他突然覺得，他想跟岳千靈說的話根本不是一聲「謝謝」。

幾分鐘後，岳千靈終於發現有人在看他，一回頭，對上顧尋的視線，嘀咕道：「你屬貓的？」

顧尋挑眉：「嗯？」

岳千靈：「走路都沒聲音的。」

「我屬什麼貓，我屬於妳。」

岳千靈：「……」

還能說這種話，說明他和顧韻萍的談話很順利。

於是岳千靈扯了扯嘴角，闔上雜誌起身：「謝謝，不過我現在聽到這種話內心已經毫無波動了。」

顧尋朝她走來，目光沉沉地落在她身上。

「那要聽我的心裡話嗎？」

岳千靈預料他可能要說什麼肉麻的話，於是背過身看著他的書櫃，心裡撲通跳著，語氣卻強裝不在意。

「哦？說來聽聽。」

說完，她拿起那本雜誌，放回原來擺放的位置。

這時，顧尋突然開口。

「手邊第二本書。」

岳千靈：「嗯？」

顧尋重複道：「妳手邊第二本書，拿下來。」

岳千靈看了一眼，那是一本英文原文的《The C Programming Language》。

她以為顧尋要用，便順手抽了出來。

不過還沒來得及說話，顧尋又道：「翻開扉頁。」

岳千靈心裡雖然不解，但還是依言做了。

她手指一翻，陳舊的書頁上赫然出現一句話。

——「Hello, world」。

這句話岳千靈並不陌生，雖然她是學美術的，但是知道「Hello, world」是每一個學程式設計的人對電腦世界發出的第一聲問候。

不過她並不明白顧尋叫她看這個是什麼意思。

「看到了，然後呢？」

顧尋：「當我要進行開發和學習的時候，都會用這句話來測試開發環境是否已經配置完畢，它已經變成了我的儀式感，用它來致敬我熱愛的二進位世界。」

岳千靈懵懵懂懂中好像明白了什麼，眨著眼睛，不知道說什麼。

「妳回頭。」顧尋說。

岳千靈再次依言轉過身，顧尋站在離她一尺遠的地方，緊緊地看著她，一字一句地說。

「現在我用這句話致敬妳。」

「這不是一個程式，是一句情話。」

岳千靈眸光閃爍，眼裡有微蕩的光芒。

「什麼意思……」

「我的意思是，」顧尋走近垂頭，輕吻她的額頭，「妳是我在這個現實世界感知到的第一份美好。」

第二十七章　買得起

顧韻萍離開江城後，這種城市迎來了今年的秋老虎，氣溫再次直飆三十七、八度。好在這個季節的早晚還算涼爽，只有中午會經歷太陽暴曬，不至於像七、八月那般熱得讓人喘不過氣。

岳千靈在這段時間終於邁過了線稿這個坎，進入上色階段。她學習美術的原因就是小學老師說她對顏色變化的感知非常敏感，所以現在她在對比色和色彩明暗對比的運用上十分得心應手。

工作壓力小了許多，岳千靈卻感覺渾身時常沒什麼力氣，對很多事情都提不起勁，每天不到中午就感覺睏倦。

這是她在季節變換時的通病，也沒放在心上，和爸媽打電話的時候也沒提這個事情。但大概是因為她的工作效率沒有變低，所以身邊的同事沒怎麼察覺到她的變化，只有顧尋知道她這幾天不太舒服。

直到這天中午岳千靈和顧尋一起吃午飯的時候收到了顧韻萍分享給她的網址。

——『〈「秋老虎」來了，呵護健康請牢記「四不要、二不睡」〉』

——『〈睡眠影響壽命！睡前一個動作，睡出長壽來！〉』

——『〈秋季健康小常識：健康度過秋天必做的這些事〉』

禮貌地回覆幾句後，岳千靈抬頭問顧尋。

「你跟阿姨說了我這幾天不舒服？」

顧尋抬眼，「沒有說過，怎麼了？」

「噢，沒事。」岳千靈把手機遞給他看，「就是阿姨傳給我這些內容，我還以為你跟她說了呢。」

顧尋看了一眼便把手機還給岳千靈，但卻垂著眼睛，不知道在想什麼。

這時，岳千靈又收到方清清傳來的訊息。

方清清：『馬上要國慶日了，妳跟顧尋有沒有打算出去玩啊？』

方清清：『我跟我男朋友還有另外一對情侶本來已經訂好了機票酒店去大理，但是那一對臨時有事決定不去了，酒店又退不了，所以我來問問妳要不要去？』

方清清：『我剛剛看了一下機票，今天有優惠，如果你們要去的話趕緊訂，再晚就漲價了。』

岳千靈上一次國慶出遊還是國三那年，那人擠人的場景和上廁所都要排半小時隊的經歷給她造成了不小的心理陰影。後來她意識到自己每年都有三個月的寒暑假，便再也不在國慶日或者勞動節這種時候出門了。

轉眼大學畢業，她一時間還沒轉換過來這個想法，直到印雪提醒，她才意識到自己已經沒有寒暑假了，每年可出遊的機會只有那幾個國定假日。

她看了坐在對面的顧尋一眼，心裡冒出一個想法，卻沒有立刻開口。

如果是和顧尋一起出門，擠一點也無所謂。

不過……

岳千靈手指摩挲著手機，慢吞吞地回了一句話給方清清。

糯米小麻花：『剩幾間房啊？』

方清清：『？』

方清清：『都說了那一對是情侶，當然是一間啊。』

糯米小麻花：『哦……』

方清清：『怎麼了？』

傳完這句，敏銳的方清清很快察覺到什麼。

方清清：『不會吧？』

方清清：『妳跟顧尋在一起這麼久，居然沒有？』

對。

確實沒有。

但岳千靈不好意思當著顧尋的面和方清清聊這種話題。

糯米小麻花：『我朋友正好也說想去大理，所以想問問有幾間房。』

方清清：『哦，嚇死我了，我還以為他有什麼毛病呢。』

方清清：『一間，不過我看了一下那個酒店還有空房，妳朋友要去的話再訂也行。』

哪裡有什麼朋友。

岳千靈盯著手機螢幕，思緒飄得有些遠。

直到顧尋突然開口問：「妳在看什麼？」

岳千靈倏地回神，「嗯？沒、沒什麼啊。」

顧尋的目光徐徐掃過她的臉，勾了勾唇。

「那妳臉紅什麼？」

「我臉紅了嗎？」

岳千靈伸手摸了摸自己的臉頰，好像真的是。

見她這個反應，顧尋垂眼，看向她的手機，「所以妳手機上有什麼？」

發現他的視線，岳千靈做賊心虛一般反扣手機。

「沒什麼。」

「嗯？」顧尋湊過來，目光在岳千靈的臉和手機之間不緊不慢地來回一圈，壓低了聲音，「什麼東西是我不能看的？」

「就是一些……」岳千靈飛速轉動腦子，想到一個可迅速打消他好奇心的辦法。

她咳了咳，輕聲道：「一些二進位文學。」

顧尋抬眉：「二進位文學是什麼文學？」

他這個電腦科系的學生還真的沒聽說過。

岳千靈支支吾吾：「就是只有一和零的文學。」

「……」顧尋的表情僵了一下，果然收回了好奇心，「吃飯的時候少看這種東西。」

緩了一下，岳千靈調整好心態，打算問一下顧尋要不要去大理。

可是她正想說話的時候，顧尋的手機突然響了起來。

她沒打算打斷他，感覺到自己確實有點燥熱，便起身去冰櫃裡拿了瓶可樂。

一坐下來，顧尋便直接伸手拿走她手裡的可樂。

岳千靈先是愣了一下，一抬頭，卻見顧尋一邊接著電話，另一隻手將易拉罐放在桌上。

隨後，他指節分明的手指搭在拉罐邊緣，食指一勾，勻稱的指骨透出一股男性特有的力量感。

拉環被打開的時候發出一聲輕微的「啪嗒」，岳千靈感覺心臟都隨著他的動作「砰」了一下。

果然，單手開易拉罐這種動作雖小，卻能讓人心神一蕩。

岳千靈入神地看著他的手，沒注意到他在說什麼，也忘了下一步動作。

直到顧尋插入一根吸管，然後端起可樂。

送進自己嘴裡。

岳千靈：？

顧尋像是沒察覺到她的眼神似的，喝了兩口便把可樂放在自己那邊，露出一種「冰可樂真好喝」的表情，同時伸手拿起一旁的熱水壺，往岳千靈面前的空杯子裡倒了一杯白開水。

岳千靈：「……」

片刻後，他掛了電話，端起冰可樂朝岳千靈晃了晃。

「謝了寶貝。」

岳千靈：「……」

幼稚。

雖然知道顧尋是為她好，不讓她在不舒服的時候喝冷飲，但看著那冒著熱氣的杯子，她還是沒什麼胃口。

沉默一下，她才想起正事。

「對了，你國慶日有打算去哪裡玩嗎？」

顧尋：「妳想去哪裡？」

岳千靈：「我大學室友問我們要不要一起去大理。」

「大理。」顧尋似乎在想什麼，片刻後，他才抬起眼，「三號去，來得及嗎？」

「三號？」岳千靈不解，「你前兩天有事嗎？」

自從上次一別，顧韻萍跟顧尋說了那些話後，一直遵守自己的諾言。

她很少主動聯絡顧尋，即便是顧尋主動打電話給她，她也是三言兩語就結束日常問候，然後讓他去忙自己的。

好像害怕自己一說多，就讓顧尋陷入「不自由」的境地。

就連一些關心，也要委婉地分享給岳千靈，希望透過她傳達給顧尋。

思及此，顧尋輕輕地嘆了口氣。

「二號是我媽生日。」

剩下的話不用說，岳千靈明白他的意思。

「其他事情不著急，你一、二號就回家陪阿姨過生日吧。」

顧尋聞言，抬了抬眼。

「妳不跟我一起嗎？」

假期雖然有七天，但岳千靈覺得輾轉兩個地方還是略顯匆忙，便決定不去大理了，剩下的時間在顧尋家周邊的城市玩幾天。

當顧尋正要打電話知會顧韻萍一聲時，岳千靈攔住他，提議給她一個驚喜，不要提前告訴她這個消息。

顧尋聽她的，隨後又要了她的身分證號碼，其他的事情不用她操心。

他們最後訂了一號的機票。

臨行前一天，方清清約岳千靈一起逛街，打算買點旅行時要穿的衣服。

岳千靈想了想，自己也很長一段時間沒買新衣服，便欣然應允。

轉過頭，她傳訊息給顧尋。

糯米小麻花：『下班後我和方清清一起去逛街買衣服，你不用等我了啊。』

校草：『好。』

校草：『我報帳。』

糯米小麻花：『？』

校草：『我說妳去買衣服，我付錢。』

糯米小麻花：『不用啊，才剛發薪水，我有錢的。』

顧尋沒再說什麼。

直接轉帳。

看到他轉來的八千塊，岳千靈愣了兩秒，隨後點了退回。

校草：『？』

糯米小麻花：『真的不用！』

校草：『我知道妳有錢，但是我想為妳花錢，這個不衝突吧？』

糯米小麻花：『不是，我只是不喜歡花別人的錢。』

校草：『別人？』

糯米小麻花：『欸，不是。』

糯米小麻花：『不過我真的不需要。』

過了一陣子。

校草：『好。』

他傳來這則訊息時，正好到下班時間，岳千靈也沒多想，收拾好東西後便起身前往和方清清約好的地方。

因為明天就是黃金週連假，今天路上的行人特別多，岳千靈不敢叫車，不過地鐵上的情況也沒好到哪裡去。

折騰半天終於到了商圈，但方清清還塞在路上，岳千靈只好找個甜點店坐著等她。

百無聊賴時，她想跟顧尋閒聊兩句，於是拿出手機打開對話。

不過看到半個小時前顧尋傳來的最後一句話，她突然後知後覺地發現……

顧尋是不是有點不高興？

仔細看了兩遍他們的對話，岳千靈更肯定這種猜測。

她幾度想說點什麼，卻發現自己也不知道怎麼辦。

從小學開始，因為漂亮，岳千靈收過不少男同學的小零食。

到了國中，學校裡有個富二代送了她一條名牌項鍊，當時她並不知道價格，只覺得項鍊非常漂亮便收下了。

這件事被父母知道後，當天就讓她把東西還回去，她不願意，隨後便喜提一頓男女混合雙打。

直到後來漸漸長大，她才明白父母的用意。

這麼多年過去，她的觀念已經根深蒂固，現在面對這種情況，感覺有點頭疼。

唉。

她也是第一次談戀愛，不知道分寸到底該怎麼把握。

岳千靈垂著腦袋想了很久，直到方清清的聲音把她從思緒中拉回來。

「妳在想什麼呢這麼出神？剛剛叫妳都沒聽見。」

「沒什麼。」

岳千靈拿起包準備和她一同離開甜點店，但剛剛起身，突然想到什麼，於是又坐了下來。

「屁屁，我問妳一個問題。」

正好方清清也渴了，端起她的飲料喝了一口，說道：「妳說。」

岳千靈：「就是……男朋友如果要給妳錢花，該怎麼辦啊？」

方清清想也沒想就說：「這是什麼問題，當然是收下啊。」

「是嗎？」岳千靈撓了撓鼻尖，「可是我覺得這樣有點不太好。」

作為岳千靈的室友，方清清很瞭解她，也知道她此刻在猶豫什麼，便老神在在地說：「我的觀點呢就是大錢不要，但是小錢可以花花。」

「畢竟是談戀愛，錢這方面妳真的不能分得太清的，不然兩個人界限感也太重了吧。而且今天他給妳花點錢，明天妳給他花點錢，不是挺好嗎？」

岳千靈若有所思地點了點頭。

其實顧尋沒生氣，他只是有點煩惱。

他是一個不太會表達愛意的人，在岳千靈說她要去買衣服的時候，他下意識就想為她花錢，認為這不是什麼大不了的事情。

但岳千靈的態度卻讓他感覺自己的方式好像不對勁。

是不是錢給得太多了讓她心裡不安？

在此起彼伏的鍵盤敲擊聲中，顧尋盯著手機，把思緒從複雜的演算法編譯中轉到「到底給多少錢比較合適」上。

當他想了好幾個數字都覺得不合適時，岳千靈突然傳訊息給他。

愛吃辣椒的香菜精：『在？』

菜也犯法嗎 sir：『怎麼了？』

愛吃辣椒的香菜精：『想不想搞大我的肚子？』

顧尋：？

顧尋：？？？

愛吃辣椒的香菜精：『轉三百塊給我，請我吃頓火鍋。』

當岳千靈和方清清走進火鍋店的時候，並不知道顧尋的心情經歷了怎樣的大起大落。

岳千靈只是前幾天看見社群上有人這麼發，隨口逗一下顧尋，並沒有想太多。

直到她們坐下來點菜，岳千靈才收到顧尋的轉帳訊息。

她笑咪咪地打開，發現轉帳上有一則備註。

『這麼跟男朋友說話容易下不了床。』

岳千靈：「……」

此刻的本能反應是想入非非的臉紅，但她又不願意這麼沒膽。

糯米小麻花：『說得好像你有什麼經驗似的。』

校草：『？』

想像到他此刻的表情，岳千靈抿著唇笑了一下，乘勝追擊回了一句話過去。

糯米小麻花：『處男裝什麼裝。』

過了一陣子。

校草：『驚！清純男大學生為女友守身如玉竟反被羞辱。』

岳千靈咯咯笑了一下子才打字回覆。

糯米小麻花：『顧先生，你對自己的認知好像不夠清楚。』

校草：『怎麼，我不夠清純？』

因為這句話，岳千靈莫名回想起她和顧尋第一次接吻的情景。

他的動作和喘息聲，怎麼也跟「清純」沾不上邊。

思緒飄到親熱場景，岳千靈下意識微微垂頭，擋了擋手機螢幕。

糯米小麻花：『清不清純我不知道，但你已經不是男大學生了。』

校草：『嗯，我的身體很清純，思想早就不清純了。』

岳千靈盯著這句發呆，對面的方清清舉著菜單輕輕拍一下她的頭。

「哎呀，果然是熱戀期呢，吃個飯都要膩一下。」

岳千靈立刻放下手機，低聲嘀咕：「誰跟妳說我在跟他膩了。」

方清清笑：「那不然妳剛剛那個表情是在幹什麼？看小黃文？」

「沒，說正事呢。」

岳千靈敷衍著方清清，顧尋倒真的傳了一則說正事的訊息。

校草：『說個正事，剛剛發現一個緊急情況。』

糯米小麻花：『？』

校草：『我剛剛才發現前幾天有簡訊提醒我，因為假期滿房，酒店沒有預定成功。』

岳千靈一開始沒仔細考慮過住宿的問題，但見他這麼說，才意識到他家裡有長輩在，她出去住酒店確實比較合適。

糯米小麻花：『那你現在快去看看還有沒有酒店，別到時候讓我流落街頭。』

本來連假就是出遊高峰期，不知道這個時候還找不找得到空房。

岳千靈嘆了口氣，接過方清清手裡的菜單繼續點菜。

等火鍋吃了一半，顧尋才來報告結果。

他傳來一個網頁。

校草：『好一點的酒店幾乎全都滿房了，只有這家還有空房。』

岳千靈打開看了一眼。

糯米小麻花：『可以。』

校草：『但只剩一間了，開嗎？』

糯米小麻花：『？』

糯米小麻花：『不然我一個人住要住幾間？』

校草：『？』

校草：『我不用住的嗎？』

糯米小麻花：『？』

糯米小麻花：『你為什麼要住酒店？』

校草：『？』

校草：『不是妳說給我媽一個驚喜？難道我們明天不在酒店住？』

岳千靈夾菜的動作一頓，牛肉滑落到衣服上。

她忙不迭拿起紙巾擦衣服，惹得方清清皺眉：「妳又怎麼了？怎麼毛手毛腳的。」

「沒什麼……」

岳千靈放下筷子，手指扣在螢幕上，感覺手機都在發燙。

她說的驚喜是不提前告知顧韻萍，結果顧尋的打算居然是驚喜到底，非要二號當天才出現在她面前。

這樣的安排，看來確實是要兩個人先出去住一晚酒店。

她腦子裡想了很多，才一個字一個字地戳鍵盤。

糯米小麻花：『所以你原本是打算開兩間房的嗎？』

校草：『寶貝。』

校草：『作為一個二十二歲的年輕男人。』

校草：『我當然想只開一間。』

校草：『但要先徵求一下妳的同意。』

火鍋正沸騰著，肉眼可見的白色熱氣嫋嫋升起，堪堪遮住岳千靈臉上泛起的紅暈。

躊躇半晌，她不知道要怎麼回答。

開兩間，好像有點矯情。

同意開一間，她有點不好意思。

遲遲沒有等到答覆，顧尋傳來訊息。

校草：『所以再重新找嗎？比較偏僻的地方倒是還有。』

糯米小麻花：『唉，你說這些人大過節的不在家裡好好休息非要出去住什麼酒店呢，真是的。』

糯米小麻花：『怪麻煩的，也不知道大過節的還找不找得到。』

糯米小麻花：『不換了吧。』

糯米小麻花：『那就。』

校草：『嗯。』

校草：『妳說得對。』

校草：『影響我們這種真正有開房需求的人。』

雖然他的話看似只是在回應岳千靈，但她總覺得他是故意這樣措辭的。

因為這個小插曲，岳千靈和方清清在逛街的時候顯得有些心不在焉。

經過一家內衣店時，方清清順手把岳千靈拉進去，指著一套蕾絲內衣對她說：「妳要不要試試這個啊？」

岳千靈定睛一看，手中的飲料嗆得她差點噴出來。

「我、我為什麼要試這個？」

「現在很流行法式內衣呀。」方清清拿起那套內衣往岳千靈眼前晃，「沒有鋼圈，很軟很舒服，重點是比以前那些傳統款式漂亮多了，妳不覺得嗎？」

見岳千靈不說話，方清清湊到她耳邊低聲說：「而且呀，都是有男朋友的人了，可以適當增加點情趣什麼的。」

岳千靈很難想像方清清作為她的同齡人，卻擁有如此多的想法。

此後的一個多小時，岳千靈一直在告訴自己買那套布料很少的內衣只是因為它很軟很舒服也很漂亮絕對不是別的原因。

接近十點，岳千靈才和方清清離開商場。

她提著大包小包回到家裡，電梯門一開，便遇到了也剛回家的顧尋。

「這麼快就到了？」

九點半時顧尋打電話問過她需不需要來接，岳千靈見路上塞車便拒絕了，自己坐地鐵回來的，沒想兩人在電梯裡撞上。

此刻看見他，明明是很普通的場景，岳千靈卻有些不自在。

「嗯。」她埋著頭走進電梯，「買完衣服就直接回來了。」

顧尋的視線慢慢移到她手中五花八門的購物袋上，「買什麼衣服了？我看看。」

「欸別！」

顧尋還沒下一步動作，岳千靈就已經飛快地把購物袋藏到自己身後。

他見狀，挑了挑眉，「買了什麼東西這麼見不得人？」

意識到自己的反應太過，岳千靈拂了拂頭髮，「沒什麼，就是一些秋天的裙子什麼的，你別碰髒了。」

顧尋輕哼一聲，「還嫌我髒。」

出了電梯，岳千靈悶著頭往自己家走，卻發現顧尋跟在她身後。

開門的時候，她回頭望著顧尋，眼裡有一抹自己沒察覺到的緊張。

「你幹什麼？」

顧尋：？

顧尋上下打量她一眼，「不是還早嗎？」

平時這個時間點顧尋總來她家裡待著，不一定總是親熱，有時候只是坐著看她畫畫。

但想到明天就要跟他住同一間房了，岳千靈感覺自己渾身的細胞從此刻開始緊張。

「早什麼早，明天就要出發了你不回去收拾行李嗎？」

不過岳千靈自以為把情緒掩飾得很好，殊不知她的眼神已經快把她心裡在想什麼寫在臉上了。

顧尋緩緩斜靠到牆上，似笑非笑地看著她：「我沒什麼東西要收拾的。」

岳千靈眨了眨眼，不去看他。

「那你也早點睡，別起不來床誤了航班。」

「怎麼會呢。」顧尋說，「我們是下午的航班。」

岳千靈：「……」

最後岳千靈依然以自己逛了一晚的街很累拒絕了他進屋的要求。

不過這一晚，她卻很不爭氣地失眠了。

她不知道自己是幾點睡著的，早上關了好幾次鬧鐘，最後還是顧尋打電話把她叫醒的。

岳千靈睜眼一看，竟然已經十二點了。

看來只能去機場吃午飯了。

岳千靈手忙腳亂地收拾好東西，正準備出門，顧尋已經提著行李箱走進她的房間。

「想想有沒有什麼東西沒帶？」

岳千靈盯著自己的行李箱看了一下，打了一個響指。

「我昨天買的新衣服洗了曬在陽臺還沒收。」

顧尋點頭：「我去幫妳收。」

岳千靈下意識就說好。

直到顧尋已經出去一下子了，她突然想起什麼，風一般地衝出去。

「不用了不用了！我自己收！」

可惜晚了。

當岳千靈衝到客廳陽臺時，見顧尋背對著她，抬頭看著那件在風中飄搖的蕾絲布料，不知在想什麼。

兩人就這麼一前一後不出聲地站著。

過了一陣子，他轉過頭，目光灼灼地看著岳千靈，勾了勾唇。

「挺好看的。」

岳千靈：「……」

她雙拳緊握，深吸一口氣，平靜地說：「你喜歡嗎？」

顧尋如實回答：「很喜歡。」

岳千靈：「那借你穿一天。」

「……」

托了出門前這一齣的福，岳千靈在去機場的路上一直裝睡，沒怎麼跟顧尋說話。

下了車，她跟著顧尋走，必要的時候回答一下他的問題，不是「嗯」就是「好」，連登機證都是顧尋幫她取的。

直到上了飛機，岳千靈看一下兩人的機票才發現不對勁。

「怎麼我的是頭等艙，你的是經濟艙？」

顧尋幫她把小行李箱放到行李架上，漫不經心地說：「買的時候只有一張頭等艙了。」

岳千靈愣了片刻，「那你買兩張經濟艙就好了呀。」

「剛剛不是還什麼意見都沒有嗎？怎麼這時候話這麼多。」

顧尋放好行李，順手按著她的肩膀讓她坐下，並彎腰幫她把安全帶扣好，「行了，我去後面了。」

「欸要不然你坐這裡吧。」岳千靈說，「你個子那麼高，擠在經濟艙不舒服。」

她剛說完，顧尋已經順著人群走到經濟艙裡。

岳千靈盯著他的背影看了一陣子，才默默坐好。

因為晚上沒怎麼睡覺，飛機起飛後，岳千靈放倒座椅，戴上眼罩，很快失去了意識。

走出機場已經接近下午七點。

暮色降臨，華燈初上，岳千靈望著這座陌生的城市，心裡有微波蕩漾。

今年的春天剛來時，她還只是隔著學校的操場遠遠看著顧尋。

而一個夏天過去，她竟然和他一起回到他的家鄉。

這裡的每一個行人，每一盞燈，每一縷風都是陌生的。

她微微出神，沉浸其中，像是在感覺顧尋長大的蹤跡。

沒多久，顧尋的聲音把她拉回現實。

「車來了。」他溫熱的掌心握住她的手，「我們先去酒店放東西，等一下駱駝跟我們一起吃飯。」

岳千靈點頭：「好。」

因為塞車，他們坐了近一個小時的車才到酒店。

夜幕在途中降臨，岳千靈下車後抬頭看見酒店大廳裡來來往往的人群，失神片刻。

一想到今晚要跟他住在一起，岳千靈那該死的緊張感又不受控制的冒了出來。

但她不想被顧尋感覺到，便從他掌心中抽出手，雄赳赳氣昂昂地朝旋轉門走去。

一路登記身分證、領房卡，她都強撐著表面的鎮定，看起來就像跟男朋友一年開三百次房一般。

直到顧尋把房卡貼到門口的感應器上，隨著那一聲「滴滴」，岳千靈整個人一激靈，太陽穴很不爭氣地緊繃了起來。

顧尋沒回頭看她，把門打開後，拉著兩人的行李箱進門，放到行李架上，然後轉身去冰箱裡拿水。

岳千靈渾身不自在地在房間裡踱了兩步，打量著那張一百八十公分的雙人床，臉頰不自覺地熱了熱。

而她一轉頭，卻見顧尋正仰頭喝著冰水。

正想說點什麼，顧尋便朝她看過來，兩人的視線在昏黃的燈光下不其然相撞。

他什麼都沒說，可是眼神卻直勾勾地落在她身上，隨著他喉結的滾動，岳千靈目光一顫，連忙別開臉，看著酒店的設施準備找點話說。

她三兩步走到他身邊，打開冰箱看了看，「裡面的東西都是免費的嗎？」

顧尋：「嗯。」

岳千靈又走到桌邊：「這些零食也是免費的？」

顧尋：「嗯。」

岳千靈拿起一袋餅乾朝床邊走去，慢吞吞地坐下來，似漫不經心地說：「那還挺划算的，不然這酒店一個晚上那麼貴，也太虧了。」

顧尋這次沒接話，岳千靈此時受不了沉默，便把餅乾放到床頭櫃上。

處於極度緊張狀態下的她目光一垂，看見櫃子上有一個塑膠架子，上面擺放著許多小包的東西，下意識伸手去拿。

當她的指尖剛剛觸碰到塑膠包裝時，顧尋的聲音在她身後響起。

「那個不是免費的。」

岳千靈定睛看清了自己摸的是什麼東西，頓時像碰到炭火一般收回了手。

而後，顧尋的聲音越靠越近。

「怎麼，怕我買不起？」

第二十八章　自制力

岳千靈所有強裝的鎮定都因為顧尋那句話而土崩瓦解，本就安靜的房間開始瘋狂跳動起心知肚明的曖昧。

她渾身僵硬地背對著顧尋，試圖從齒縫裡擠出幾個字，卻發現自己說什麼都不能接住他話語裡的明示。

雖然在來的路上她已經做好了心理準備，但當真的要真槍實彈的時候，她還是不可遏制地怕了起來，心跳聲一下下地震動著耳膜。

還好這時顧尋的手機響了起來。

他不再緊盯著岳千靈的背影，轉身接起電話。

『你們到了嗎？』駱駝在電話那頭問，『我已經出發了，不過路上實在太塞了，也不知道什麼時候才能到。』

「嗯，在酒店了。」顧尋瞄了岳千靈一眼，見她的背脊終於緩緩鬆懈，才又說道，「不急，我們可以在酒店多待一下。」

岳千靈不知電話那頭說了什麼，只聽顧尋慢悠悠地說：「實在不行今天就算了，我們在酒店待著不出去了。」

不會吧？

現在就要在酒店一直待到晚上了嗎？

岳千靈假裝隨意地拂著裙擺上的皺褶，卻豎著耳朵想聽他們怎麼說。

然而顧尋只「嗯」了一聲便掛了電話。

安靜的瞬息，岳千靈吸了口氣，神色已然恢復，回過頭笑盈盈地說：「駱駝呀？」

「嗯。」

顧尋將手裡的水放下，坐到她身旁，手臂繞過後背攬住她的肩膀，故意在她耳邊低聲說，「他塞車了，要不然我們不出去了？」

「這不太好吧？」岳千靈忙不迭起身，拎著包從他身邊躥出去，「我岳千靈生平最討厭放人家鴿子！」

顧尋看著她落荒而逃的背影，偏著頭笑了起來。

他三兩步追上去拉住她的手，兩人並肩不緊不慢地朝電梯走去。

「真的這麼討厭？我記得妳以前沒少放我鴿子。」

岳千靈眨了眨眼，「我有嗎？」

「當然有。」顧尋昂著下巴，「嘖」了一聲，「還是我每次低聲下氣地把妳哄回來。」

岳千靈仔細想想，在顧尋還是「林尋」的時候，她對他確實挺隨意的。

至於他說的「低聲下氣」，岳千靈可沒感受到。

自此之後，岳千靈一直低頭沒說話，不知道在想什麼。

直到他們走出酒店，她突然道：「所以你那時候就喜歡我了嗎？」

沒等到顧尋即刻的回答，岳千靈感覺自己是不是有點自作多情，於是立刻解釋道：「你看你之前說你早就喜歡我了，我也不知道是什麼時候，然後之前還有同事跟我說過你們第九事業部的都挺瞧不起手遊的，結果你天天叫我打遊戲，雖然你天天跟我搶AWM但好像沒了我你就扛不動槍似的，這很難讓我不多想啊。」

說完，她悄悄覷顧尋的表情。

假期四處張燈結綵，五光十色的光暈映在顧尋臉上。

他的目光縹緲地看著前方路口，似乎在沉思什麼。

片刻後，他拖長尾音，恍然大悟似的「哦」了一聲。

「原來是這樣。」

看來是她這麼說了，他才意識到自己從那時就開始動心了。

思及此，岳千靈臉頰酒窩若隱若現，眼睛也彎成了月牙。

然而她正想借機挖苦一下顧尋的悶騷時，卻聽他說：「怪不得當初我問妳玩不玩手遊，妳一臉嫌棄，所以是哪個同事跟妳說的？黃婕嗎？」

岳千靈：「……」

這是重點嗎？

算了。

岳千靈低低地嘆了口氣，踢著路上的小石子，又不甘心地說：「你先回答我的問題。」

顧尋側頭看向她，將要說出的話是回答她的問題，也是回答自己心裡的問題。

「妳也說了我很嫌棄手遊，如果不是喜歡妳，我能讓它在我手機裡待這麼久？」

岳千靈看著他的雙眼，笑意重新浮上嘴角。

她暗戀的人，沒有因為外貌對她心動，卻在平時的點點滴滴中喜歡上她。

回想起來，遠比她曾經幻想過的與他在一起的任何途徑都要值得歡喜。

「所以到底是誰說的？嗯？我去找她算個賬。」

「你煩不煩，別問了。」

吃飯的地方在離酒店不遠的街道，因為塞車，所以他們選擇慢悠悠地步行過去。

走過繁華的街道，轉入一條充滿煙火氣息的巷子後，顧尋看向一個地方，對她說：「我國中和高中都在這裡讀的。」

兩人在校門口停留一下，顧尋指著四樓最角落的一間教室，告訴他自己在那裡上了三年的課。

後來他們經過一家小餐館，顧尋告訴她那是他最喜歡吃的店，也不知道現在有沒有換老闆了。

一路走走逛逛了近二十分鐘，顧尋還帶她走向另一條路，告訴她這是他每天放學回家必經的路。

眼看著越走越遠，顧尋還在跟她講述著記憶中在這裡發生的各種小事。

岳千靈當然樂意聽，但是她感覺顧尋有點不對勁。

他什麼時候變得話這麼多了？

「你幹什麼呢？」她掐了掐他的掌心，「當導遊嗎？」

「我在——」顧尋昂著下巴，漫不經心地說，「分享記憶體。」

岳千靈不解：「什麼東西？」

顧尋嘆了聲氣，無奈於她的不解風情，只好進一步解釋。

「sharing memories.」

後來的很長時間，岳千靈回想自己到底是什麼時候感覺到一顆心落地，不再思量著顧尋到底有多喜歡她時，腦海裡總會浮現出這個閒暇的夜晚。

當一個人事無巨細地分享自己過去的回憶時，無疑是希望這個人能存在於他未來的藍圖中的。

走過這條街，岳千靈剛想問距離吃飯的地方還有多遠，就見不遠處一個小餐廳門口站著一個微胖的男人，正在遠遠看著他們。

自從駱駝成為準爸爸後，他所有閒置時間都用來陪懷孕的老婆，別說打遊戲，就連閒聊也很少冒泡。

所以岳千靈一時間並沒有把這個男人和駱駝畫上等號。

直到他朝顧尋喊出「林尋」兩個字，岳千靈才恍然回過神。

如果說面由心生這個成語需要一個佐證的話，駱駝就是最好的例子。

他的個子不高，身材微胖，看得出來確實比顧尋大個八、九歲，但此時他穿著一件橘紅色的T恤，激動地朝他們招手，完完全全就是岳千靈心中那個婦女之友一般的大哥哥駱駝。

這十幾公尺的距離，岳千靈能感覺到駱駝的視線一直在她身上，直到在他面前停住，他詫異地問：「我靠，妳就是小麻花？」

岳千靈也學著他的表情，歪頭問：「我靠，你就是駱駝？」

駱駝：「……」

果然是她。

一旁的顧尋瞥了岳千靈一眼，掰正她的腦袋。

「跟他學什麼髒話，趕緊進去吃飯。」

駱駝終於回過神，屁顛屁顛地跟上去，滿是好奇地看著岳千靈，突然想起什麼，說道：「我怎麼覺得我在哪裡見過妳？」

大概是他三兩句話就讓岳千靈找到了熟悉的感覺，面對他的時候沒有初次見面的尷尬。

聞言，她直接抱住顧尋的手臂，裝模作樣地說：「哥哥，他調戲你女朋友。」

顧尋果然涼颼颼地看了過來。

「你看見美女都覺得眼熟。」

「欸，不是！」駱駝知道他們在開玩笑，同時猝不及防被噁心了一把，「你們別這麼閃，我認真的。」

不過他確實想不起來到底在哪裡見過，最後只能把這種感覺歸因於緣分。

落座後，駱駝感慨道：「早就好奇妳長什麼樣子了，偏偏林尋還藏著掖著，生怕別的男人多看妳一眼都是他吃虧似的，非要等到現在才讓我跟妳見上一面。」

駱駝這話說得挺有水準，看似吐槽，卻讓岳千靈心裡甜滋滋的。

她用手肘撞一下顧尋，「你的占有欲這麼強啊？」

「強什麼強？」顧尋一邊用開水燙筷子，一邊對駱駝說，「我真的沒有她的照片，不然你問她。」

岳千靈一噎，面對駱駝疑惑的眼光，她訕訕點了點頭。

「我確實不太喜歡拍照，手機裡都是跟朋友的合照。」說完她轉頭看向顧尋，「過幾天你當我的攝影師，幫我多拍點照片？」

顧尋笑著點頭：「好。」

「慎重啊！」駱駝連忙道，「你知道他幫人拍照是什麼水準嗎？」

岳千靈：「什麼水準。」

駱駝：「妳看了會報警的水準。」

「……」

見顧尋吃癟，駱駝笑了起來，「你們一張合照都沒有嗎？這樣吧，我經我老婆多年調教頗有建樹，要不然現在幫你們拍個合照吧？」

岳千靈想說這裡環境會不會太亂了，但見駱駝已經拿出手機，便沒再說什麼。

他打開相機，碎碎唸道：「林尋一直是個拍照面癱，不知道的還以為他在拍證件照呢，小麻花妳記得教教他。」

話音剛落，他看見鏡頭裡的岳千靈，神情一滯。

「欸不是，怎麼妳也一副拍證件照的樣子啊？」

岳千靈餘光瞄了顧尋一眼，見他也端端正正地坐著，臉上沒什麼表情，瞬間有了底氣。

「你快點，等等菜就涼了。」

駱駝看了鏡頭中兩人端正嚴肅的表情一眼，心想好吧，他哥們一萬年面癱臉就算了，沒想到找個女朋友也一樣，果然不是一家人不進一家門。

然而就在他按下快門前一秒，鏡頭裡的顧尋突然側身朝岳千靈靠去。

畫面定格，岳千靈因為驚喜而睜大的雙眼閃閃發亮，嘴角微揚。

而顧尋只有一個側面，在她臉頰落下一個輕吻。

駱駝：「……」

夠了。

他只拍了這一張就默默放下手機。

「吃飯吧。」

因為出來得晚，這頓飯沒吃多久駱駝就擱了筷子，說他老婆今天有點不舒服，想早點回去陪著。

岳千靈和顧尋自然沒有多留，和他一起走到停車的地方，目送他的車尾燈轉出巷子，才掉頭往回走。

「真好啊。」岳千靈拉著顧尋的手前後擺動，同時感慨道，「駱駝對她老婆真好。」

顧尋挑了挑眉，「我對妳不好？」

岳千靈抿著唇笑，嘀咕道，「我又沒有說你，你真敏感。」

「敏感……」顧尋的聲音不大，自言自語般地說，「我確實很敏感，哪裡都敏感。」

「……」

話題好像突然轉向了不對勁的地方。

岳千靈臉上愜意的表情頓時消失，目光閃爍地盯著前方的霓虹燈。

這種狀態持續到他們回酒店。

一開門，岳千靈盯著這間寬敞的房間，眼珠轉了好幾圈，視線落到浴室裡，然後問：

「你先還是我先？」

「妳先吧。」

顧尋走到床邊拿起遙控，把窗簾關上。

就這麼一下子的功夫，他回過頭，見岳千靈已經抱著自己的睡衣跑進浴室。

隔著磨砂玻璃，他看見浴室裡的百葉窗緩緩降下，才懶散地坐到椅子上，把憋了兩天的笑意從眼底釋放。

緊張什麼。

好像要把她怎麼樣似的。

他根本沒想過要在外出的時候做什麼。

幾分鐘後，浴室裡水聲響起。

原本在看手機的顧尋思緒緩緩被侵擾。

間隔著縫隙的百葉窗並不能將風光完全遮掩，顧尋抬起頭，視線落在那透著影影綽綽身影的磨砂玻璃上。

越是朦朧的視覺，反而確實勾起他更濃重的欲念。

當她彎下腰，長髮滑落的瞬間，顧尋小腹一緊，倏地坐直。

在此之前的想法全都拋到了腦後。

也是此刻，他才意識到自己並不是一個很有自制力的人。

岳千靈這個澡洗得特別久。

當她感覺熱氣快憋得她無法呼吸後才關了水龍頭，緩緩擦乾身上的水，頂著一頭濕髮走了出來。

她穿著睡衣，沒多看顧尋一眼，拿著吹風機走到桌前，開始吹頭髮。

顧尋也沒說什麼，只是從她身後經過時，他的手臂輕輕擦過岳千靈的肩膀。

分明是很輕的接觸，卻讓岳千靈吹頭髮的動作頓了一下。

直到他進了浴室，岳千靈才繼續吹自己的頭髮。

男生洗澡都比較快，岳千靈這樣想著，反而放慢了自己吹頭髮的動作。

然而等她一頭長髮澈底乾了，顧尋還沒出來。

岳千靈往浴室看了一眼，視線觸及到玻璃上的身影時倏地收回，忙不迭掏出洗漱包開始護膚。

也不知道為什麼連他也洗了這麼久的澡。

岳千靈抹完身體乳後，往浴室那邊看了一眼。

同一時刻他正好關了水，岳千靈下意識感覺自己好像偷看被抓包似的，「嗖」一下躥到床上。

顧尋出來時，岳千靈已經側躺在床上，嚴嚴實實地蓋著被子，雙眼緊閉，看起來像是睡著了。

但顧尋知道她肯定沒睡著。

他走到床邊，彎腰湊到她身前問道：「妳把吹風機放在哪了？」

岳千靈的睫毛輕顫，好一陣子，才徐徐睜眼。

「就在桌——你怎麼不穿衣服！」

顧尋低頭看了看自己身上僅有的一件睡褲，漫不經心地說：「反正等一下都要脫。」

岳千靈：「……」

她翻了個身，背對顧尋重新閉上眼。

當視覺消失，聽覺變得格外靈敏。

岳千靈聽著他吹頭髮，聽著他整理東西，又聽著他腳步聲漸近，直到床邊塌陷下來。

隨後，當他的氣息靠近的那一瞬間，岳千靈被他從背後攬住。

他的體溫好像比晚上走路回來時還要高，當他的手掌在岳千靈小腹上輕輕摩挲時，岳千靈感覺自己全身都在發燙。

然而他只是輕撫她的小腹，沒有下一步動作。

「妳怎麼這麼瘦。」

岳千靈感覺到他赤裸的前胸緊緊貼著自己的背，相隔的那件睡衣就像消失了一般，她渾身的神經都在輕顫，此時根本沒有心情說話。

其實之前兩人坐在客廳看電影時，他也習慣這樣抱住她的腰，也是這樣親昵的動作，岳千靈沒多想過。

可是這時畢竟是在床上，不是沙發。

而顧尋沒有等她回應，下巴時不時輕蹭她脖子，手指在她睡衣釦子邊打轉，卻沒有要解開的意思。

好一陣子，岳千靈實在受不了了，擠著齒縫蹦出幾個字。

「你要開始就快點，別折磨我了！」

拂在她後頸的呼吸果然變重了些。

然後用沉啞的嗓音，說出極不要臉的話。

「那妳會對我負責嗎？」

「……」

岳千靈咬著牙點頭。

「負責負責！」

下一秒，他的手直接掀起她的睡衣，從小腹一路往上。

當灼熱的掌心覆上從未被觸及過的地方時，岳千靈雙眼閉得更緊，鼻腔裡溢出一聲悶哼。

接下來她的意識在緊張中渙散，隨著他的動作自然地轉為平躺。

她甚至不知道自己睡衣的釦子在什麼時候被解開的，感覺到肩膀上兩條肩帶滑落時，她不受控制地睜眼，對上了顧尋情緒翻湧的雙眼。

他的手指勾住她的肩帶，再一次詢問。

「可以嗎？」

岳千靈深吸一口氣，閉上了眼，迎接他的吻。

兩廂纏綿，岳千靈的意識在他的喘息聲中沉淪又清晰，嗓子裡情不自禁地悶哼出讓她自己都臉紅心跳的聲音。

當他的雙唇從鎖骨往下延綿時，岳千靈渾身像燃起火似的，一遍遍地戰慄。

而他對她身體的探索終於循序漸進到最後一步。

潮濕感一點點地蔓延開來，岳千靈睜眼又閉眼，意識到自己出現了傳說中的那種生理反應的同時，做好了迎接他的準備。

沒多久，他終於收了手，起身坐到床邊。

岳千靈知道他在做什麼，沒有出聲，也沒有閉眼。

直到他再次覆過來，岳千靈深提著氣，指尖深深陷入柔軟的床單中。

兩人竟意外地很契合。

熬過最開始的生澀後，痛楚很快被另一種難以言說的感覺覆蓋。

顧尋的經驗不多，理論倒是挺豐富，並且樂於將理論付諸於實踐。

靜謐悶熱的房間裡，開始傳出兩人深淺不一的聲音。

完全適應了之後，兩人終於有了言語上的互動。

在沉沉浮浮的悶哼中，岳千靈的聲音像在低泣，也像在撒嬌。

「嗯……你不要這樣……」

「有點受不了了……」

到後來，在他低聲誘哄地索要更多中，岳千靈哼哼唧唧的聲音逐漸變成了——

「顧尋我操你大爺！」

時間的流逝既快也慢。

岳千靈的感覺每一分每一秒都在難受和愉悅中交迭。

然而真正雲收雨歇之後，她趴在床上，艱難地伸手掏出手機看了一眼，才驚覺時間竟然已經過了這麼久。

和她的精疲力盡相比，顧尋似乎尚有餘力。

他把岳千靈的腦袋掰過來，細緻地擦乾她眼角的生理淚水，隨後雙手穿過她的腰間。

收緊的那一剎那，岳千靈反射一般往後一縮。

「你還想幹什麼！」

顧尋抬了抬眉，低頭看著她。

「我抱妳去洗澡。」

「誰要你抱。」

說著，岳千靈從枕邊掏出揉得皺巴巴的睡衣，往身上一披，連釦子都懶得扣，雙手扯著前襟遮住前胸一裹就打算下床。

然而雙手剛撐住床沿，她便悶哼一聲。

片刻後，她抬起頭，可憐兮兮地露出求助的眼神。

第二十九章　來都來了

第二天下午，豔陽臨窗之時，岳千靈才悠悠轉醒。

若不是考慮到今天有正事要做，她恨不得長睡不起。

可惜看著時鐘的走向，她不得不起來洗漱。

一旁的顧尋還睡得很沉，手臂橫搭在她身上。

岳千靈側頭看著他沉靜的垂眼，抬手輕輕摸一下他的睫毛。

見他沒有什麼動靜，她的手指順著他的眼睛一路往下，滑過鼻樑，最後停留在他的薄唇上。

他的面容雖然近在咫尺，觸手可及，岳千靈還是感覺有種微妙的不真實感。

曾經連說一句話都是奢望的少年如今安靜地躺在她身旁，沉睡中也不忘抱著她，呼吸纏纏綿綿地拂在她的鼻尖。

今天之所以醒得這麼晚，不僅是因為體力上的過度消耗，還歸功於昨晚的每一個細節都將岳千靈的精神刺激放大到極致。

若不是此時身體還有異樣的感覺，她都要懷疑昨天晚上是一場夢。

靜靜地躺了一下，岳千靈決定先起來梳妝打扮。

而男人只需要洗個臉刷個牙就行，所以她不打算叫醒顧尋，只是輕輕地抬開他的手臂，拂開被子，輕手輕腳地下床。

然而腳尖剛著地，腿根處傳來一陣痠軟感，並不是很難受，但卻在瞬間牽動起岳千靈的神經，讓她想起昨晚顧尋各種寡廉鮮恥、恬不知羞的行為。

他只用了一晚上，便把自己清澈少年的人設崩得澈澈底底。

思及此，岳千靈不知道哪裡來的怨氣，轉身就朝顧尋的胸口來了一拳。

睡睡睡，睡個屁。

床上的人猝不及防被揍醒，迷茫又無措地睜開眼。

「妳幹什麼？」

「想揍你需要理由？」

岳千靈丟下這句話便起身去了洗手間。

昨晚他提出各種無理要求的時候也沒見他給個理由。

潺潺水聲響起，岳千靈剛埋下頭準備洗臉，水龍頭卻被人關了。

她抬頭望著鏡子裡的顧尋只穿了一條睡褲，無奈地扯了扯嘴角，「你就不能穿件衣服嗎？」

顧尋抬手把水龍頭掰到熱水那一邊，不在乎地說：「又沒有什麼地方是妳沒看過的，搞那麼麻煩幹什麼。」

岳千靈：「……」

那也不是她主動要看的，還不是他逼著她睜眼。

此刻水龍頭裡的流水已熱，岳千靈懶得理他，埋頭捧水洗臉。旁邊還有一個洗手檯，顧尋站在她旁邊刷牙，兩人幾乎同步著每一個動作，但不知道為何，岳千靈總感覺顧尋若有似無地看她。

「又怎麼了？」

「沒什麼。」顧尋的視線從她胸口掠過，「我去換衣服。」

他人一走，岳千靈才察覺到他剛剛在看哪裡。

以他的身高，不需要岳千靈彎腰，就能把她領口處的風光盡收眼底。

當岳千靈意識到什麼時，低下頭一看，倒吸一口冷氣。

怪不得昨天晚上他突然停下來問了一句她明天準備穿什麼衣服。

岳千靈當時想不通他為什麼會在這種時候問這種問題，哼哼唧唧地說了一句「襯衫裙」，隨後他便更加肆無忌憚地在她的身上肆虐。

此刻看見鎖骨以下斑斑駁駁的痕跡，岳千靈的拳頭又握緊了。

兩人出門時已經接近下午五點。

岳千靈原本打算穿一件打底短背心，然後將襯衫裙解開三顆扣子，露出半個肩膀，看起來不會那麼死板。

結果托了顧尋的福，她規規矩矩地把釦子一顆不漏地扣上，配上她嚴肅的表情，簡直就是一個活脫脫的高中深受班導師喜歡的好學生。

「其實……」顧尋垂著頭打量她的衣服，「妳跟我媽也見過很多次了，不用穿得這麼良家婦女。」

岳千靈：「……」

她默了一下，說：「顧尋，你知道嗎？我第一次聽說『衣冠禽獸』這個詞時，根本不知道怎麼去詮釋它。」

顧尋抬了抬眉梢。「然後呢？」

岳千靈：「直到我遇見你，對這個詞有了深刻的理解。」

顧尋拖著尾音「哦？」了一聲，「那妳說說理解什麼？」

岳千靈擰著眉沒理他，走到路邊伸手攔車。

酒店到顧尋家的距離並不近，路上又塞車，汽車一行一停，坐得岳千靈犯睏。

直到手機突然震動，駱駝把昨天拍的合照傳到了群組裡。

駱駝：『昨天回家忙別的去了，忘了把照片傳給你們。』

昨天拍照的時候她沒想到顧尋會猝不及防親她，所以也不好意思急著找駱駝要照片，一派雲淡風輕地吃完飯，到後面也忘了這件事。

現在他傳來，岳千靈捧著手機看得津津有味，絲毫不在意背景的雜亂。

過了一陣子，她轉過頭，發現顧尋也在看這張照片。

不一樣的是，他把照片放大，螢幕上幾乎被岳千靈的臉占滿。

他專注地看著照片，岳千靈則目不轉睛地看著他。

半晌，岳千靈突然發現他們這樣有點傻，於是清了清嗓子，說道：「看什麼看這麼久。」

「看妳。」

照片裡的岳千靈雙眼笑得像兩輪彎彎月牙，在餐廳不甚明亮的燈光下也燦若星辰。

顧尋放下手機，側頭倏地對上她的目光，「妳的眼睛怎麼這麼好看，像有星星。」

岳千靈昂著下巴別開臉，輕飄飄地說：「那當然。」

「嗯。」顧尋淡淡道，「但我的眼睛更好看。」

岳千靈轉頭睨他一眼，淺笑著說：「我眼裡有星星，你眼裡有什麼？」

「有妳啊。」

岳千靈沒再搭腔，盯著車窗裡倒映的顧尋身影，嘴角的笑意緩緩放大。

這個時候，小麥突然冒出來破壞氣氛。

小麥：『我靠，這照片怎麼回事？駱駝你拿槍逼林尋了嗎？』

小麥：『他怎麼突然這樣了？』

駱駝：『委屈。』

駱駝：『是他自己發騷關我什麼事？』

小麥：『真後悔我沒回家，見不到這史無前例的一幕。』

小麥：『@糯米小麻花，林尋這傢伙發騷起來絕對有異相。』

小麥：『別怪我沒提醒妳，特別是晚上，小心他辣手摧花！』

岳千靈：「……」

已經摧過了。

顧尋直接拿過岳千靈的手機，面無表情地打了兩個數字。

糯米小麻花：『86。』

小麥：『？』

糯米小麻花：『考研究所倒數計時。』

小麥：『……886。』

顧尋家所在的社區位於安靜的老城區，他們下車時，社區保全看見他，把上半身從警衛亭裡探出來跟他打招呼。

「喲，感覺很久沒見你回家了。」

說完又看向岳千靈，「還帶女朋友回來了呀。」

兩人跟他簡單打了招呼，他便做了個浮誇的驅趕動作：「快回去吧，你媽也剛下班回來沒多久。」

剛下班回來？

岳千靈只知道顧韻萍國慶日不會出去玩，卻不知道她竟然還在加班。

「阿姨他們公司黃金週都不放假的嗎？」

顧尋：「他們公司是跨國企業，外國人又不過我們的節日，所以雖說有名義上的假期，但她作為財務總監，其實還是要工作。」

原來是這樣。

怪不得顧尋信誓旦旦不用提前告知，回來一定可以見到她。

說曹操曹操到，進電梯的時候，岳千靈就收到了顧韻萍傳給她的訊息。

「阿姨什麼都不知道呢，還在囑咐我們出去玩不要吃太多垃圾食品，要找環境好的餐廳，早餐一定要吃，每天的蛋白質攝入量一定要足夠，噢，她還說入秋了，你不喜歡吃青菜，讓你買點維生素片吃。」

顧尋沒說什麼，電梯停在九樓，他看見那扇熟悉的家門，才輕輕地嘆了口氣。

「在我媽的生活裡沒有隨便兩個字，一日三餐都嚴格搭配營養，駱駝以前還說我媽要是退休了完全可以去考個營養師執照。」

說話間，他打開家門。

顧韻萍正坐在餐廳吃飯，手裡拿著一份報表看得認真，並沒有注意到大門的動靜。

看著顧韻萍纖瘦的背影，顧尋恍惚片刻，隨後才拿著他和岳千靈的行李箱踏了進去。

聽到滾輪聲的顧韻萍嚇了一跳，慌張地回過頭。

看見來人的瞬間，她手裡的筷子落地，整個人僵住，半張著嘴卻吐不出一個字。

在這片刻，顧尋已經走到她面前。正想說什麼的時候，他的目光落到飯桌上，也倏地愣住。

岳千靈沒有注意到顧尋的變化，只是笑著對顧韻萍說：「阿姨生日快樂！」

即便岳千靈說了這句話，顧韻萍還是沒回過神，這種多年未曾有過的驚喜衝擊讓她不知道該如何回應，表情依然凝固在臉上。

岳千靈伸手扯顧尋的袖子，示意他說點什麼。

然而她一轉頭，卻見顧尋靜靜盯著餐桌，情緒十分複雜。

岳千靈順著他的目光看過去，也是一愣。

桌上放了一臺筆記型電腦，鍵盤上堆著一些列印出來的報表。

而另一邊，則是一碗湯泡飯，上面零零星星幾片菜葉，以及堆在碗邊的一撮榨菜。

室內的空氣在這一瞬間凝固，誰都沒有說話。

顧韻萍沉默是因為突如其來的驚喜，而岳千靈和顧尋則是因為眼前畫面帶來的衝擊。

半晌，顧尋擰眉看向顧韻萍，眼裡有著岳千靈從未見過的沉重。

「妳一個人在家就吃這個？」

顧韻萍終於從震驚中抽回了神思，連忙把剛剛落地的筷子撿起來朝廚房走去。

「這幾天太忙了，隨便吃吃省點時間。」她把筷子放進水池，沒再拿新的，轉頭笑道：

「你們不是出去玩了嗎？怎麼突然過來了？」

顧尋沒說話，只是緊緊盯著她。

「我們來幫您過生日呀。」岳千靈回過神，臉上重新掛起笑容，「不過您好像有點忙？」

「不忙了，我只是看看報表。」說著，她又問，「你們剛下飛機？我去幫你們倒點水。」

在兩人的對話中，顧尋偏了偏頭，閉眼深吸一口氣，朝廚房走去。

「我來吧。」

他人高腿長，三兩步就走到了流理檯前。他打開那個熟悉的櫥櫃門，卻看見裡面堆放著不少自熱米飯、泡麵。

情緒翻湧間，他的手臂僵在半空中。

自那年林宏義把他丟在科教館的事情爆發，顧韻萍再也不允許這類速食產品出現在家裡。不管她工作有多忙，只要顧尋在家，她一定會回家親自做飯。

十來年風雨無阻，幾乎沒有一次例外。

有時候顧尋自己想吃點泡麵之類的，去超市買一些回家，顧韻萍見一次丟一次。

為此兩人還發生過不少爭吵，誰也不會退一步。

十幾歲的顧尋常常被這種小事點燃，不明白自己為什麼連決定吃什麼東西的自由都沒有。

可是直到今天，久為歸家的他親眼目睹顧韻萍一個人在家是怎樣的生活狀態。

陳舊的記憶翻湧而來，顧尋回望往昔，才發現自己從未把自己抽離自我狀態去觀望顧韻萍的生活。

她的嚴苛和自律，並非天生而來，只是因為她從頭到尾都是實質上的單親媽媽。

當她獨處，母愛無處釋放時，那些細緻到極點的習慣便蕩然無存。

顧尋突然覺得他對自由的固執變得很可笑。

這時，顧韻萍的聲音突然響起。

「杯子不在那裡，我去年買了個消毒櫃，全都轉移到那裡面了。」

見顧尋沒什麼反應，她便朝廚房走來。

「算了，我來拿吧，你去客廳歇著。」

和他擦肩而過的那一瞬間，顧韻萍感覺一隻手放在她的肩膀上。

血濃於水的感應讓她察覺到氣氛在這電光火石間悄然發生了變化，腳步下意識頓住。

下一秒，顧尋展臂，把她攬入懷中。

她依然渾身僵硬，顧尋則掮了掮她的後腦勺，讓她把頭靠在自己肩上。

「媽，生日快樂。」

這天晚上他們三人出去吃晚飯，很多餐廳都在排隊，他們兜兜轉轉好幾個地方才找到有空位的餐廳。

吃完飯後經過商場，顧韻萍說上次去江城比較匆忙，也沒幫岳千靈準備什麼見面禮，拉著她進去買了一個手鐲。

這一耽誤，回到家裡已經近十點。

一進門，顧韻萍突然想到什麼，問岳千靈：「對了，妳是睡客房還是……」

岳千靈當然知道她是什麼意思，連忙道：「我睡客房就好了。」

「好，那我去幫妳換一套乾淨的床單。」

顧韻萍走後，岳千靈看了顧尋一眼，他笑著輕輕勾一下她的手指。

「昨天不是還說要對我負責，今天就要跟我分房睡了？」

「……滾。」

岳千靈也不知道是因為今天起得太晚，還是因為這是顧尋生活了很多年的家。

總之，她躺下來後的半個多小時，沒有玩手機，卻依然毫無睡意。

直到十多分鐘後，她聽見客廳傳來細小的說話聲。

雖然聽不清內容，但她能分辨出是顧尋和顧韻萍在說話。

窗外濃雲散開，夜空月朗星疏。

岳千靈聽著那細碎的談話聲，不知不覺進入溫柔夢鄉。

後來她又醒過一次，混沌間不知準確時間，只覺得應該很晚很晚了。

但客廳的低聲細語依然浮動在空氣中。

這一次不知道過了多久，岳千靈看見門縫裡透出的光亮終於熄滅，才又闔眼睡去。

迷迷糊糊中，她不知道自己是不是做夢，總感覺顧尋來過客房一趟，似乎還輕輕地吻了一下她的額頭。

接下來的兩天一直在下小雨。

顧韻萍白天去工作，顧尋就帶著岳千靈撐著傘在這座城市閒逛。

看似漫無目的，岳千靈卻慢慢感覺到顧尋心裡是有一條路線的。

他在帶著她走過他成長的每一條軌跡。

普通人的童年和青春期大同小異，顧尋並沒有太多例外的地方，但這一切對岳千靈來說都是新奇的。

像是在看一部沉浸式的電影，短短兩天時間，那些他記憶中所有美好與不美好的回憶全都存在於岳千靈腦海中。

到了第三天清晨，岳千靈被和煦的陽光晃醒。

正望著窗戶發愣，敲門聲突然響起。

岳千靈知道是誰，打著哈欠說：「進來吧。」

顧尋推門而入的時候，岳千靈轉頭問：「阿姨走了？」

顧尋懶洋洋地坐到床邊，靠到枕頭上，斜斜睨她一眼。

「十一點了。」

「噢。」

岳千靈起身伸了個懶腰，拉開窗戶，陽光如瀑布般傾瀉而入，毫不吝嗇地灑在她身上。

她閉眼深深吸著秋日清爽的空氣，顧尋不知道什麼時候也和她並肩站到窗前。

餘光中，岳千靈看見暖陽在顧尋身上渡上一層淡淡的金光，琥珀色的眸子看起來漫不經心，卻又熠熠生輝。

畫面像回到三年前的那個秋天，岳千靈在桂花樹下第一次遇見他的情形。

她收回之前的話。

她的少年人設沒有崩，還是那個讓她看一眼就會怦然心動的人。

只是那時的他眉宇間浮著一抹若有似無的煩躁。

而如今，他那層隱形的繭殼已經褪去，嘴角清淺的笑容裡沒有一絲雜質。

看了許久，岳千靈再次望向窗外泛紅的楓葉，沒由來地說道：「今天天氣真好。」

「是啊。」顧尋抬手勾住她的肩膀，「天氣這麼好，我們私奔吧。」

他們決定利用這個假期回來陪顧韻萍過生日的原計劃也不是在家裡待夠整個假期，只是岳千靈看顧尋這幾天和顧韻萍相處得挺和諧，便沒再提去其他地方遊玩的想法。

她沒想到今天早上顧韻萍出門時竟然主動讓顧尋帶著她出去玩，不要成天無所事事地窩在家裡。

岳千靈其實並不介意在顧尋家裡玩到假期結束，就這樣閒暇地虛度時間也很美好。

但既然顧尋都說了「私奔」，岳千靈當下便收拾行李和他出發。

不過他們算起來也只是在家裡多待了一天，和計畫相差不大，多浪費了一天空置的酒店而已。

五號下午，岳千靈和顧尋坐了兩個多小時的車，到了當地一個小古鎮。

這裡的特色建築風貌很大程度地保存了下來，並非那種連販賣的紀念品都大同小異的旅行古鎮，岳千靈這幾年在網路上和社群看了不少美圖，一直想來這裡玩，但計畫總因為各種原因夭折。

如今願望終於實現，她在車上都沒有睡覺。

興奮地到酒店安置好行李後，她便迫不及待地拉著顧尋出門逛。

酒店在離古鎮幾公里外的半山腰，一路過來不算特別壅塞，甚至時不時還會跟騎行的人擦肩而過。

但一到入口，岳千靈當即傻眼。

她知道連假人多，但沒想過會這麼多。

別的名聞遐邇的景區也就罷了，為什麼這種小眾景點也人山人海？

那條不到三公尺寬的主道路一眼望去只有黑壓壓的人頭，連店面的招牌都不怎麼看得清。

看見岳千靈的呆滯狀，顧尋望著張袂成陰的街道長嘆了一口氣：「失策了，看來我們只能酒店兩日遊了。」

聽到「酒店」兩個字，岳千靈眉心一跳，立刻邁腿朝前走去，並說出了出門旅行的四字真言。

「來都來了。」

秉持著這個原則，岳千靈一路上拽著顧尋的手試圖尋找一點旅行的樂趣。

可是她個子本就不高，擠在道路中央，視線所及的不是男人的背影就是女人的頭髮，想找個有趣的小店逛一逛都要小心翼翼地挪動，不然很容易撞到人家擺的商品。

坎坎坷坷擠了一路，她終於找到一個還算空閒的臺階站著休息。

由於沒有座位，她又累，便像一隻樹懶般掛在顧尋脖子上以減輕自己雙腳的受力。

「之前你不是說這裡人不多的嗎？」

顧尋的手背放在她額頭遮住悶熱的陽光，無奈地皺了皺眉。

「我之前來的時候確實不多。」

岳千靈合理懷疑他在替自己的失策找托詞。

「之前是多久之前？」

「大概……」顧尋認真地想了想，「十一、二年前吧。」

岳千靈：「……」

她深吸一口氣才忍住揍人的衝動，「之後你就沒來過了？」

「之前我爸喜歡來這裡，後來他連家都不回了，我跟誰來。」

雖然感覺他好像隱隱約約有點故意賣慘的意思，但岳千靈還是很不爭氣地心軟了。

她鬆開顧尋的脖子，轉而挽住他的手臂，歪頭靠著他：「沒關係，以後我陪你來。」

岳千靈這句海誓山盟的有效期限只有一個小時。

當她發現連買一杯飲料都要排隊時，澈底放棄掙扎。

她艱難地擠到河邊，彎腰靠著欄杆，長長地舒了一口氣。

整個古鎮依靠著蜿蜒曲折的河道建造，岸邊尺樹寸泓，煙霏露結，河中央還飄蕩著幾艘古香古色的畫舫，頗有點江南水鄉的意思。

可惜岳千靈無心賞景，只想回酒店躺在柔軟的大床上放空。

「我宣布今天的遊玩計畫就到這裡了，在此祝福旅遊業昌盛發展。」她側過頭，晃了晃顧尋的手，「我們回酒店吧？」

顧尋一口答應：「好，沒問題。」

其實他只是依著岳千靈，沒什麼別的意思。

但岳千靈卻想到了什麼，訕訕鬆手，盯著河裡飄飄蕩蕩的落葉，「其實也不急，來都來了。」

顧尋一開始只覺得女人的心思怎麼這麼多變，一下子要走一下子又不走的。

但他低頭看見岳千靈的目光沒有焦距，極不自然地裝出一副雲淡風輕的樣子，一看就是在想什麼不好意思說出口的事情。

意識到這點後，顧尋肆意地笑了起來。

真把他當成滿腦子黃色廢料的人了嗎？

岳千靈瞪他一眼，「你笑什麼？」

「沒什麼。」顧尋彎腰，把臉湊到她眼前，聲音壓得很低，帶了點蠱惑的意味，「真的不回去啊？躺在床上不比在這舒服？」

「不了吧。」岳千靈抿著唇把眼神移開，抬手一點點推開他，「我再看看這些畫舫吧，還挺好看的。」

「好吧。」顧尋手臂勾住她肩膀，「我再看看妳吧，還挺好看的。」

岳千靈垂著眼笑，任由河風吹起她的長髮，輕輕拂動顧尋的下巴。

等人流稍微疏散一些後，岳千靈和顧尋找了一家人少的餐廳吃了飯，決定放棄晚上的畫舫燈光秀，直接回酒店休息。

途中經過一家屈臣氏，她想起今天出門時把洗漱包忘在家裡的洗手間，便拉著顧尋進去買新的。

一開始顧尋還陪著她挑挑選選，後來不知道自己一個人逛到哪裡去了。

等岳千靈挑齊了所有洗漱用品時，顧尋已經站在收銀檯前排隊。

她拎著小籃子朝他走去，中途電話突然響起。

這是鞠雲珍在假期裡打來的第一通電話，岳千靈不敢怠慢，直接把購物籃交給顧尋便接起了電話。

「媽，怎麼了？」

『沒事，這幾天玩得怎麼樣？累不累？』

「還行，不怎麼累。」

從江城出發前岳千靈和她打過一通電話，當時只說跟朋友出去玩，鞠雲珍也沒多問。

『傳點照片來看看啊。』

岳千靈瞄了一旁的顧尋一眼，低聲道：「拍得不太好看。」

鞠雲珍很不滿地『嘖』了一聲，『不好看也傳給我們看看啊，挺久沒見了，妳爸都想妳了。』

話都這麼說了，岳千靈哪能拒絕。

掛了電話後，顧尋問她：「誰的電話？」

岳千靈低頭翻找著照片，低聲道：「我媽。」

顧尋點頭，抬頭看了前方排隊結帳的人頭一眼，冷不防說道：「妳跟妳媽說了嗎？」

「嗯？說什麼？」

「我們的關係。」

「……還沒。」

說話間，岳千靈已經把這幾天顧尋幫她拍的照片傳給鞠雲珍了。

顧尋沉沉地嘆了口氣。

「都這麼久了，我也沒什麼見不得人的吧。」他沒看岳千靈，自言自語道，「除了那個了點，可是妳不說別人也看不出來啊。」

岳千靈眨眨眼：「哪個？」

「就是——」顧尋彎腰在她耳邊低聲說，「色了點。」

「……」

岳千靈握了握拳，咬牙說道：「顧尋，如果不是這裡人多，我真的很想教你做人。」

「可以啊。」顧尋滿不在乎地說，「妳白天教我做人，我晚上教妳做——」

挨了一記眼刀子，顧尋很自覺地把原來那個字吞了回去，「鬼。」

若不是鞠雲珍這時候回了訊息，岳千靈還想再罵他兩句。

媽：『這誰拍的？怎麼這麼醜？』

媽：『把妳拍得跟小矮子似的！』

岳千靈低下頭鄭重地打了三個字。

糯米小麻花：『男朋友。』

媽：『妳交男朋友啦？什麼時候的事？』

糯米小麻花：『有一段時間了。』

媽：『同事還是同學？人怎麼樣？有照片嗎給我看看？』

糯米小麻花：『媽，妳認識的。』

很快，鞠雲珍回了一個名字。

媽：『顧尋？』

糯米小麻花：『嗯。』

在這之後，鞠雲珍沒再回訊息。

岳千靈握著手機，心裡瀰漫著小緊張。不知道她媽在想什麼，有沒有可能會反對他們。

時間在這一刻竟然變得很漫長，岳千靈心不在焉地四處張望，直到手機再次震動。

看著螢幕上顯示的七、八則訊息，她的心立刻懸到了嗓子眼。

她媽媽剛剛一定是思考語言去了，傳了這麼多則，想必沒什麼好事。

片刻後，她才戰戰兢兢地打開，看到的內容卻和想像中不一樣。

媽：『靈靈啊，我最近在網路上看了一些東西，但我不知道怎麼買，我傳給妳，妳幫我買一下吧。』

岳千靈不懂鞠雲珍為什麼話題轉換得這麼快，難道對她交了男朋友這件事一點都不關心嗎？

不過她也不想在這個時候主動挑起這個話題，便順從地點開鞠雲珍傳來的圖片。

東西確實都是她喜歡的絲巾和墨鏡之類的，只是岳千靈滑到第四張，螢幕上赫然出現保險套的圖片。

岳千靈：「……」

一分多鐘後，鞠雲珍收回那張圖片。

媽：『哎喲，不小心傳錯一張。』

這些事情岳千靈雖然知道，但是鞠雲珍這樣委婉的提醒反倒讓她更難為情。

這時，顧尋突然開口：「妳看什麼看這麼久？」

岳千靈莫名一慌，把手機塞進包裡。

「沒什麼。」

一抬頭，卻發現他們不知不覺已經站在收銀檯前。

而顧尋大大方方地從旁邊貨櫃上抽出兩盒小雨傘，光明正大地放到收銀員面前。

岳千靈：「……」

怎麼酒店床頭的不夠你用是嗎？

回到酒店還不到八點。

岳千靈匆匆洗了個澡，出來便坐到沙發上打開電視，裝模作樣地看了起來。

當浴室裡的水聲響起，岳千靈發現自己再也沒辦法把注意力集中到電視節目上。

唉。

某種思想好像開始出現人傳人現象。

等到顧尋穿了件睡褲出來，岳千靈的注意力更是八匹馬都拉不住。

還好她臉上不顯，看起來像是認認真真在看電視裡的養生保健品廣告。

只是當顧尋坐到她身邊時，空氣好像停止流動了。

岳千靈的每一口呼吸都裹挾著他身上的沐浴乳香味，無時無刻不在加重著他的存在感。

就連靠在一起的雙腿都讓岳千靈浮想聯翩。

於是她不動聲色地往旁邊挪了點位置。

顧尋好像沒發現似的，目光平靜地看著電視，也沒說話。

岳千靈悄悄鬆了口氣。

下一秒，他卻又擠了過來。

岳千靈抱著雙臂，再挪。

顧尋也再跟著挪。

她有點撐不住了，動作更小地往那邊挪。

直到顧尋把她擠到沙發最邊緣，她實在忍不住，虛張聲勢地瞪著他。

「你幹什麼？」

顧尋側過頭，直勾勾地看著她，薄唇輕啟，一字一句道：「妳說我想幹什麼？」

他把答案這麼明顯的問題拋回來，讓岳千靈怎麼好意思開口回答。

可是眼神無處可躲，她只能強裝鎮定地說：「你明天想不想去爬山？」

顧尋慢條斯理地偏著頭，視線倒是一步不退地盯著她。

「妳不是說不想太累嗎？」

岳千靈聲若蚊蠅般開口：「來都來了……」

顧尋沒再回答，氣溫在他幾近於明示的眼神中緩緩升高。

片刻後，他朝一旁的雙人床抬了抬下巴。

岳千靈順著他的目光看過去。

感覺那張大圓床上面彷彿也寫了四個字——來都來了。

結局

酒店建在半山腰，完美避開了最喧鬧的景區，卻難掩畫舫燈光秀的光彩。

岳千靈乖巧地躺在床上，任由顧尋擺布，但依然不好意思直視他的眼神，偏著頭看著側邊。

她看見自己的睡裙、內衣和他的衣服一件件地落地，皺巴巴地堆積在柔軟的地毯上時，身體也因他的接觸而產生觸電的感覺，渾身酥酥麻麻，變得極其敏感。

當岳千靈感覺到顧尋的吻遊走到最讓她顫慄的地方時，腳趾倏地蜷縮。

她的十指徐徐插入顧尋柔軟的短髮中，指尖時而輕輕摩挲，時而因刺激而用力摳緊。

情迷意亂之時，她雙眼半開半闔，迷離地看著黛青色的天邊五光十色的燈光。

在意識澈底迷亂的前一秒，她突然想到什麼，慌亂地推了顧尋一把。

「窗、窗簾還沒拉上。」

顧尋重重地喘著氣，抽空往窗邊看了一眼。

窗簾只掩了一半，放眼望去，目光所及之處是浩瀚無垠的夜空，綴著幾顆星光。

收回視線後，顧尋眼裡的欲念反而越發濃重。

「外面連隻鳥都沒有，妳怕什麼？」

「我……」

岳千靈還來不及完整地說一句話，雙唇便被他堵住。

世風日下，人心不古！

遠處的燈光秀不知何時結束的，影影綽綽的炫光黯然退場，夜色重如濃墨。

岳千靈明白這個建在半山腰的酒店對面沒有任何建築物，更別說長了眼睛的活物。可畢竟不是在完全密閉的空間，岳千靈總有一種暴露在光天化日之下的羞憤感，因而渾身的感官細胞敏感翻倍，連多看他一眼都會沉淪。

這樣的生理反應恰巧極大地刺激到顧尋。

他用一個晚上的時間身體力行向岳千靈證明他沒有說謊，作為一個二十二歲的男人，食髓知味的後果是無窮無盡的貪婪。

失去意識之前她還在思考世界上怎麼會有這麼離譜的事情，男人為了滿足欲望真的什麼話都說得出來，什麼事都做得出來。

臉都不要了。

因為消耗過多體力，岳千靈第二天自然沒見到早上的太陽。

等她睜眼時，不出所料又到了遊客高峰期。

前有狼後有虎，她在床上沉思了幾秒，索性自暴自棄留在酒店裡。

同樣都是消耗體力，至少還省去了換衣服化妝這個步驟。

只是她沒想到顧尋這個人能離譜到離開的那天早上，看著剩下的那一個小雨傘，露出一副可惜的表情。

「丟了挺浪費，帶回去也麻煩，不如用完了再走吧。」

岳千靈：「……」

這東西是值千金還是有千斤重？

岳千靈生平第一次感覺休假比工作還累。

也是第一次迫不及待想回去上班。

那一個個的辦公隔間是多麼的嚴肅又莊重啊。

第二天早上，岳千靈打著哈欠走進公司，在電梯裡遇到黃婕。

「怎麼一副沒睡醒的樣子啊？」黃婕抱著雙臂上下打量她，「假期過得怎麼樣？好不好玩？怎麼沒看見妳的社群貼文啊？」

岳千靈露出滄桑的笑容，並不知道該說什麼。

「哎喲，被人山人海擠壞了吧？我看網路上那些照片都犯了人群恐懼症。」黃婕得意洋洋地笑，「我就不一樣了，自己手機 iPad 七日遊，過得非常愜意，還省了不少錢呢。」

「是啊。」岳千靈苦笑望天，「還不如在家裡躺幾天屍呢。」

好在進入工作狀態後，顧尋克制了許多。

這幾天她幾乎每天晚上都睡在顧尋家裡，不過兩人都不清閒，所以比起假期，他的行為還算是個人。

後來她習慣性地都住他家裡，不過一來房租沒到期，二來平日裡若是兩人都有事情要忙，分開在兩處地方更方便，所以房子也沒退。

日子就這麼不緊不慢地過著，邁過十月上旬，路邊綠植幾乎一夜之間黃了一半。

這是一年中最舒服的兩個時節之一，雖然路上還有堅持著露腿的女孩，岳千靈卻早早穿上自己的毛衣外套，每天窩在她的椅子裡，看似懶洋洋，卻順利地完成了西格莉德最終的調整。

當她把畫稿提交時特地看了一下今天的日期。

難以相信自己竟然花費了三個多月的時間才完成這幅原畫。

雖然西格莉德有一定特殊性，前期確定草圖階段就耗時近一個月。但除此之外，第九事業部的其他模型也幾乎是一、兩月一個週期。

和岳千靈以前一週出一張原畫的效率比起來，雖然累得多，但她不能否認，自我滿足感豈止增加了百倍。

和衛翰交差時，他的滿意溢於言表，而岳千靈卻有些提不起精神。

「怎麼了？」衛翰看出她的不對勁，沉聲問道，「哪裡有問題？」

岳千靈回神，連忙搖頭。

「沒什麼問題。」

只是有點捨不得。

「行，那晚上一起吃個飯啊。」衛翰說，「我請客，宿正付錢，權當感謝妳這段時間的幫忙。」

「好。」

岳千靈慢吞吞地回到手遊事業部，打開電腦，盯著螢幕發呆，整個人陷入一種奇妙的恍惚中，沒有注意到有人在悄悄打量她。

直到黃婕的聲音在一旁響起。

「她就是岳千靈，也是我們組的，只是這段時間在第九事業部幫忙所以沒怎麼出現。」

岳千靈尋聲看過去，發現打量她的是一個陌生女孩。

不用黃婕專門再為她介紹也能猜出她們應該是近期秋招進來的新人。

由於專案具有保密性，岳千靈這段時間很少出現在手遊部，和這些新人不熟也是情有可原。

除此之外，岳千靈發現那些曾經熟悉的面孔也少了許多。

金九銀十這種季節，各大公司紛紛展開招聘，自然也有人尋機跳槽。

比如剛剛打量她的那個女孩坐的就是上個月才離職的同事的位子，雖然岳千靈知道兩個同事跳槽的事情，她知道這是常態，沒什麼大不了的。但真的看見新人代替了舊人的位子，岳千靈心裡難免產生些許悵惘。

她對這個組本來就沒什麼歸屬感，現在這種感覺只會更甚。

偏偏這個時候尹琴的老毛病又犯了，拍著桌子吸引所有人的注意力，然後說道：「今天下班大家都別走，我們一起聚個餐吧，新同事來了一、兩週了還沒一起吃過飯呢。」

那些新人全都應允，而黃婕向來喜歡熱鬧，自然也沒有拒絕。

尹琴便把目光放在岳千靈身上。

「我不去了。」岳千靈說，「我晚上有事。」

「什麼事啊，妳不是忙完了嗎？」尹琴不依不饒地說，「新同事剛主動跟妳認識呢，妳也算前輩，不能這麼不給面子吧？」

旁邊幾個新同事果然都悄悄看了過來，岳千靈只好給個解釋。

「晚上衛翰那邊說好要聚餐。」

尹琴的神情凝固片刻，隨後便笑著坐下，一邊擺弄電腦，一邊說道：「好，那妳還是去那邊吧，畢竟衛翰是第九事業部的主美術，跟我們是不一樣的。」

岳千靈和黃婕對視一眼，心下了然，懶得跟她說什麼。

她收回思緒，動了動滑鼠，準備整理一下自己最近的畫稿。

就在這四下安靜的時刻，她聽見尹琴低聲自言自語道：「還真把自己當第九事業部的人了。」

岳千靈今天的情緒本來就低落，再被尹琴這麼刺激，連虛與委蛇的心情都沒有了。

她冷下眉眼，沉聲道：「妳是不是——」

可是話剛說了一半，她的桌子便被人不輕不重地敲了一下。

岳千靈回頭，見她們組的主美術正站在她身後。

「妳來我辦公室一趟。」

他神情凝重地丟下這麼一句話就走了，聽起來不像有什麼好事發生的樣子。

花了兩秒確定自己最近沒犯什麼錯後，岳千靈才起身跟了上去。

HC互娛的辦公室都是用玻璃門窗，裡面的人在做什麼，外面的人能看得清清楚楚。

同樣，當岳千靈在主美辦公室裡坐下來時，也知道尹琴她們都在打量這邊。

主美術此刻的表情沒好到哪裡去，坐在自己的椅子上看了岳千靈好幾眼，一副欲言又止的樣子，像是半天找不到措辭一般，惹得岳千靈也緊張起來。

「大胡哥，有什麼事就直說吧。」

主美術撇撇嘴，終是開口。

「是這樣的，妳也知道公司最近招了很多新人，這種情況下就會對人員進行調優。」

所謂調優只是個美化說法，一般情況下反而是「去劣」，也就是公司為了資源最高效利用，會辭退一些能力較差的人。

所以岳千靈這麼一聽，整個人都傻了。

該不會是公司要辭退她吧？

這不可能吧！

她倏地睜大了雙眼，緊張地等著主美術的下文。

「我們組也進了不少新人，能力都挺好的，能支撐起我們組的日常工作，所以——」

岳千靈：！

完了。

天道好輪迴，老闆果然還記著她曾經幹過的事，現在準備踹了她。

「第九事業部那邊想把妳調過去。」

「唉，我知道了，可是——等一下？」岳千靈眼睛突然一瞪，「你說什麼？」

主美術搓一把臉，很不情願地重複了一遍。

「就是問妳去不去第九事業部。」

岳千靈：「……」

她如果有錢了，一定買一個會把話一次性說完的主美術。

當下，她沒有錢，只是閉著眼深呼吸。

片刻後，才平靜地說：「可以。」

當然可以啊！

主美術沒看出她內心的激動，試圖再次挽留：「其實也沒有強制性，妳可以多考慮一下。這段時間妳也見識到他們的工作量了，雖說薪水會高一些，但真的累多了，沒什麼自己的生活。」

岳千靈點頭：「好，我考慮一下。」

主美術見她被說動了，喜不自勝。

說到底他剛剛心情不好也是因為這個原因，當初第九事業部把岳千靈借走的時候他就有了不好的預感，但是老闆都同意了，他也不好說什麼。

現在好不容易盼著岳千靈可以回來了，結果那邊直接來搶人了。

這不是強盜嗎。

可是人家那邊做什麼都有老闆撐腰，他也說不了，只能寄希望於岳千靈本身。
「好，那妳回去考慮一下，回頭告訴我妳的想法。」
岳千靈抬頭：「不用了，我已經考慮好了。」
主美術的身體不自覺地前傾，眼裡充滿期待。
「那妳……」
岳千靈：「我當然去呀！」
主美術：「……」

從辦公室出來的那一瞬間，岳千靈覺得自己成長了。
——她可以喜怒不形於色了。
所以當她回到座位，大家都看不出來主美術找她到底是好事還是壞事。
「什麼情況？」黃婕探頭來問，「大胡哥找妳幹什麼？」
岳千靈食指往嘴前一擋，低聲說：「確定下來了再告訴妳。」
「什麼呀，神神祕祕的。」黃婕揶她一眼，「該不會是要幫妳升職吧？」
她說這話的時候，尹琴肩膀一聳，豎著耳朵聽岳千靈的回答。
「不是升職。」岳千靈抿著笑，看了手機一眼，黃婕懂了，立刻打開手機。

幾秒後，黃婕瞪大雙眼，忍不住驚呼出聲。

「真的假的？」

「還沒確定呢。」

說到這，她突然想起出來時帶的一個小任務，抬頭對尹琴說道，「哦對了，主美術叫妳去他辦公室一趟。」

尹琴淡淡地說好，隨後拿出小鏡子理了理頭髮才起身朝辦公室走去。

岳千靈的心情還沒平復下來，她想立刻跟顧尋分享這個喜悅。

可是訊息傳出去好一陣子，他也沒回覆，不知道在幹什麼。

正好臨近午休時間，岳千靈越發坐不住，決定親自上去告訴他這個好消息。

到了頂樓，岳千靈剛到開發部就迎面撞上了易鴻。

「你找顧尋？他不在，剛剛去接電話了，可能在外面樓梯間吧。」

岳千靈點頭，轉身朝空曠的樓梯間走去，果然看見一個人站在盡頭接電話。

不過背影很明顯不是顧尋，是宿正。

岳千靈隱隱約約聽見他在說什麼「醫院」、「爸爸」之類的事情，便打算悄無聲息的離開。

然而她還沒來得及轉身，視線便和剛掛了電話掉頭而來的宿正撞了個正著。

這段時間宿正一直帶隊在全國各地採集音訊，出現在公司的次數一隻手數得過來。而且每次回來都是匆匆忙忙地開個會議，第二天又和音效團隊奔赴另一個城市。

此時乍一見，岳千靈發現他似乎瘦了許多，面容看起來也很憔悴。

岳千靈對氣氛的感知有一定的敏感度，比如此刻，她能感覺到宿正處於一種極度的低氣壓下，所以一時間不知道怎麼開口打招呼。

而宿正的狀態也不佳，愣愣地看了岳千靈半晌，才笑著開口：「沒去吃飯？」

宿正平時是一個很溫和的人，但此時的笑容明顯有些勉強，岳千靈自然而然壓下了先前的喜悅，「馬上就去了。」

「對了，衛翰跟妳說了嗎？」宿正緊接著她的話說下去，「妳願意來第九事業部吧？」

他主動提到這件事，岳千靈的笑容重新浮上嘴角，「嗯，我當然來。」

「我就知道妳肯定不會拒絕，衛翰還擔心妳不願意呢。」

這時，宿正的手機又響了起來，他低頭看的那一瞬間眉頭很輕地皺了一下，岳千靈立刻說：「那我不打擾你了，你忙吧。」

離開後，岳千靈依然沒找到顧尋在哪裡，打電話給他也在忙線狀態。

她嘆了口氣，掉頭下樓，找黃婕一起吃午飯。

「沒跟顧尋一起啊？」黃婕問。

「找不到人，不知道去幹什麼了。」岳千靈搖頭晃腦地說，「訊息也不回，可能出軌了吧。」

黃婕面不改色地接話：「也可能是出櫃了。」

岳千靈：「我不接受這個理由，我不可能輸給男人。」

「……」

「對了，妳知道主美術今天找尹琴什麼事嗎？」出了電梯，四周沒人，黃婕便開口問道，「她在裡面待了很久才出來，也不說什麼事，我好好奇呀，總不會她也可以去第九事業部吧？那我就要鬧了。」

「不知道啊，主美術沒跟我說，只是讓我幫忙叫人。」

岳千靈剛說完，手機震動了好幾下。

她以為是顧尋回她訊息了，連忙打開看，結果竟然是宿正。

宿正：『對了，我傳點資料給妳。』

宿正：『除了我們這個專案的一些公共資料，還有不少我自己收集整理的想法匯總，可能對妳有點幫助。』

對於這種情況，岳千靈完全沒理由矯情，她立刻連傳了十個磕頭的貼圖給宿正。

畢竟一個專案的資料好收集，但策劃本人的想法匯總並不多得。

午飯後，宿正直接拿了個硬碟給她，說東西已經拷貝好了，這個硬碟可以直接送給她。

岳千靈打開一看，直接傻眼。

竟然足足有三個G！

裡面的內容更是詳實到覆蓋了每一個小關卡的設計想法和每一個小BOSS的人物小傳。

不知為何，看到這些東西，岳千靈總有一種宿正在交代後事的感覺。

下午三點，顧尋終於回電話給岳千靈。

「你先別說話，我問你一個問題。」岳千靈站在茶水間，皮笑肉不笑地說，「我叫什麼名字？」

顧尋沉默半晌，並沒有接岳千靈的梗，而是沉沉地說：『遇到一點事，沒來得及看手機。』

聽到他嚴肅的語氣，岳千靈立刻收了開玩笑的心思。

「什麼事？阿姨嗎？」

『是工作上的事情，晚上回去再跟妳說吧。』顧尋嘆了口氣，『我現在只有幾分鐘的空，先掛了。』

「好。」

既然顧尋說是工作上的事情，岳千靈便沒記掛太多，無非是引擎開發遇到什麼問題，這對他們來說是常見的難題。

況且岳千靈覺得自己就算記掛著也幫不上什麼忙，索性就不打擾他了。

心裡唯一的小憂愁就是預料到顧尋接下來肯定又要忙得腳不著地。

所剩的下午時光一晃而過，岳千靈已經做好了顧尋今天會回家很晚的準備，便傳了簡短的訊息給他。

糯米小麻花：『我和衛翰他們吃個飯，吃完了我自己回家。』

校草：『？』

校草：『吃飯不帶上我？』

糯米小麻花：『你不是說有事？』

校草：『有事也不是一個晚上就能忙完的。』

校草：『電梯前見。』

岳千靈立刻笑了起來，拎著包朝電梯走去。

等到第二趟，顧尋果然站在裡面，同行的還有衛翰和宿正。

只是岳千靈發現這趟電梯像是被一片濃雲籠罩著似的，每個人看起來心情都不太好。

因此她進去後也沒說什麼，默默地站在顧尋旁邊，觀察著眾人的神情。

到了餐廳，大家落座後各自沉默著，只有顧尋拿了菜單給岳千靈叫她點菜。

可是她這時心裡跟貓抓似的，哪有什麼心情點菜，憋了一下，實在忍不住直接開口問道：「你們是不是有什麼事情啊？」

宿正和衛翰對視一眼，隨後，衛翰碰了碰宿正的肩膀：「你跟他們說一下吧，早晚都要知道的事情。」

「嗯。」宿正垂著眼默了默，才開口道：「我準備辭職了。」

話音一落，現場氣氛立刻凝固。

岳千靈呆滯地看著宿正，半晌沒回過神，甚至懷疑自己聽錯了。

於是她轉頭看向顧尋，見他也同樣驚訝地看著宿正。

只是他的眼神比岳千靈多了幾分沉重。

見狀，宿正笑了笑：「你們這是什麼表情，現在很少有人一個工作幹一輩子，離職不是很正常的事情嗎？」

話是這麼說，但是這個道理放在宿正身上不適用。

不提之前的合作，單單是岳千靈今天收到的硬碟內容，她都能看出宿正為這個案子付出了多少心血。

這樣一個人，怎麼會半途而廢？

岳千靈：「為什麼呀？實機操作影片不是要出來了嗎？為什麼這個時候離職？」

「其實是因為家裡的事情。」宿正埋著頭，長嘆一口氣，「我爸四十多歲才生了我，今年已經六十多了。我因為這個案子這幾年回家的次數十個指頭都數得過來，上一次回家還是去年春節。」

宿正頓了一下，語氣比剛才更沉重。

「月初的時候我爸摔倒骨折了，但是他們沒告訴我，不想讓我分心，我是前幾天才知道這件事情。」

「他最艱難那幾天，我竟然一無所知，連個電話都沒打過去。」

「要不是我姑媽說漏嘴，可能我爸出院了我都不知道這件事。」

「還好他這次傷得不致命，可是……」他突然揉一下臉，才得以繼續說下去，「我不敢想像如果他這次摔到的不是腿而是腦袋，事情會怎樣，我是不是連他最後一面都見不到。」

話已至此，後面的內容不用多說，在座的人也明白。

人生最大的遺憾無非是子欲養而親不待。

當宿正意識到自己父母年邁正是需要人陪伴照顧的時候，他卻遠在他鄉，連見面都是奢侈。

所以他輾轉難眠幾個夜晚後，決定放棄夢想，回到老家盡子女的責任。

沒人能指責宿正的取捨是否正確，這種事情本來就沒有標準答案。

岳千靈也只是感慨可惜，好幾年的心血就這麼付諸東流。

而且宿正是簽了競業協議的，一旦離開，他無法再拾起自己的夢想。

席間沉默許久後，還是宿正主動打破了氣氛。

「你們別這樣啊，我只不過是選擇了另一種生活，還輕鬆點，凡是都有利有弊嘛。」

岳千靈悶悶地低著頭，不知道說什麼。

這時，她卻看見顧尋沉沉地看著宿正，幾乎是從嗓子裡擠出了幾個字。

「一定要走嗎？」

這樣的顧尋，岳千靈從未見過。

在岳千靈的認知裡，顧尋並不是一個優柔寡斷的人。

宿正的職位於他而言算不上關鍵，第九事業部也不只宿正一個策劃。

況且他曾經把這個人當做情敵對待過，即便是惺惺相惜，他的性格也決定了他不會做出如此挽留之態。

岳千靈側頭靜靜地看著顧尋，手從桌下伸過去握著他的掌心。

平時總是溫熱的那雙手，這時竟然有點冰涼。

許久後，宿正點了頭。

之後，無論宿正怎麼活躍氣氛，這頓飯都沒人能大快朵頤。

夜幕降臨時，他們在停車場分道揚鑣。

等衛翰和宿正分別上了自己的車，岳千靈把自己手裡的可樂遞到顧尋嘴邊。

「喝一口肥宅快樂水？」

顧尋埋頭，就著她用過的吸管喝了一口。

「所以你今天說的工作上的事情就是宿正嗎？」

「不是。」顧尋咽下那口冰冰涼涼的可樂，語氣卻依然沉重，「我也是剛剛才知道他決定離職。」

岳千靈問：「那是什麼事？」

顧尋突然停下腳步，低頭看著岳千靈，身上似有千斤重負。

他低聲說了三個名字。

而後的一句話如一記重錘——「他們跳槽了。」

「砰」一聲，岳千靈手裡的可樂應聲而落。

顧尋說的那三個人岳千靈並不熟悉，只是打過照面。

他們平時日夜顛倒，常常晚上八、九點才出現在公司，第二天中午又神龍見首不見尾，因此即便岳千靈在第九事業部待了幾個月，對他們的熟悉程度還不如樓下咖啡廳的售貨員。

不過這種行為在他們這一行挺常見，特別是作為核心開發人員，有恃才傲物的本錢。顧尋他們部門的運行模式和其他開發團隊無異，都是幾個核心人員作為主導，帶動另外幾十個工程師進行開發。

而那三個人和顧尋以及易鴻就是整個團隊的主力。

當他們一走，所有的壓力全都來到了顧尋和易鴻兩個人身上。

除此之外。

開發3A遊戲的公司數不勝數，可是在資金、市場以及技術的多重壓力下，大多數專案都無聲無息地埋葬在了探索的路途中。

甚至連資金雄厚人才輩出的遊戲大廠在市場考量下也放棄了3A這個領域。

在目前的環境下，3A遊戲對於任何一個公司來說都是一場沒有把握的豪賭。

所以在岳千靈看來，願意進入第九事業部的人，都是懷揣著對電子遊戲的情懷，用自己最寶貴的青春進行一場孤注一擲的賭博。

半小時前的晚飯，宿正選擇離開時眼裡流露出的糾結痛苦還歷歷在目。

沉默許久後，岳千靈沉聲問：「他們為什麼要走？就這麼放棄了自己這幾年的心血嗎？」

「天真。」顧尋摸了摸她的頭，看向前方的車裡，眼裡流露出幾分譏諷，「真以為所有人都是為了情懷而來？對他們而言，這只是一份高薪工作而已，一旦有更好的報酬他們跑得比狗還快。」

岳千靈怔怔望著他，好一陣子說不出話。

她竟然忘了這裡還有高額的薪資，在利益為先的人眼裡可比情懷重要得多。

而且從顧尋的語氣裡她想起自己剛剛忽略的一個點。

這三個人並非普通離職，而是「跳槽」。

第九事業部所研發的專案是ＨＣ互娛的毋庸置疑的拳頭產品，專案裡每一個人都會簽署競業協定，在離職一定期限內不得從事同類產品的製作工作。

而這三人作為行業頂尖人物，突然集體跳槽，新工作自然不可能從３Ａ級專案降到普通單機遊戲甚至是網遊或者手遊。

對方公司也沒必要為了市面上並不稀缺的專案來挖走ＨＣ互娛第九事業部的核心主開發。

因此，即便岳千靈不問顧尋，她也能猜到那三個人一定是跳槽到了競品公司，並且對方財大氣粗，能負擔起高昂的違約金。

更為險惡的是對方還在第九事業部即將發表實機操作 demo 的時候來挖人，司馬昭之心路人皆知。

若是普通的跳槽，顧尋所承受的壓力無非是工作量加倍，而現在的情況是那三個人很有可能帶走整個案子的核心玩法。

為此，整個第九事業部必須趕在心血被抄襲之前推出實機操作影片，搶占市場關注度。

事已至此，所有人都得接受這個現實，他們連憤怒的時間都沒有就要立刻投入更高強度的工作中。

覆巢之下，焉有完卵，第九事業部沒有任何一個團隊不被波及。

岳千靈還沒有完全適應正式調崗的情況，鋪天蓋地的任務便像山一般朝她壓來。

生活似乎又回到了剛剛接手西格莉德的那段時間，而披星戴月早出晚歸將成為她未來幾個月的常態。

至此，岳千靈總算明白為什麼有人說做遊戲是吃青春飯。

年紀大的人還真的抗不下來這樣的工作強度。

即便這樣，第九事業部依然出現人心惶惶的情況。

雖然大家當面不說，這這種心知肚明的暗湧卻更讓人倍感壓力。

整個第九事業部頂上像籠著一層厚重的黑雲，壓得每個人喘不過氣，卻不知道那一場暴雨是否會降臨。

可是真正的壓力重心並沒有頂在美術部門頭上，在這種情況下岳千靈都感覺到泰山壓頂的窒息感，她更是不敢想像顧尋到底背負著怎樣的重擔。

唯一肉眼可見的是顧尋這段時間瘦了許多，特別是看見他電腦上那些密密麻麻的英文，連她都感覺喘不過氣。

一個週日的中午，所有人都在加班，岳千靈想抽空去茶水間泡一杯咖啡。

剛到門口便聽到有人在竊竊私語。

「我覺得這次 demo 要跳票了吧，顧尋他們兩個人哪裡撐得住五個人的工作量。」

「沒看見老闆這幾天都長白頭髮了嗎？最近資金也緊張，聽說有其他公司想投資，也不知道老闆會不會同意。」

「要是同意了還了得？股東插手進來，最後絕對會變成網遊你信不信？」

「真的這樣我當初還不如直接去做網遊。」

「是啊，現在這種情況怎麼可能按原計劃出實機操作 demo 啊。」

岳千靈捧著水杯，什麼都沒說，掉頭就走。

在回去的走廊上，她跟顧尋迎面撞上。

「誰惹妳不高興了？」顧尋手裡端著當初跟著岳千靈買的同款杯子，裝模作樣地跟她碰了碰杯，「我這就去幫我寶貝報仇。」

岳千靈沒心情跟他閒扯，悶悶不樂地瞪他一眼。

「你還笑得出來，你知道我剛剛聽到什麼了嗎？」

「嗯？」顧尋抬眉，「妳說。」

岳千靈垂頭喪氣地把剛剛聽到的內容複述了一遍，聲音聽起來也不憤怒，但顧尋從未見過岳千靈露出這種如死水般的狀態。

他收了臉上的不正經，嚴肅地看著岳千靈。

「這些話妳完全可以當耳邊風。」

「不是我要在意，而是……」

岳千靈想嘆氣，卻發現自己連深吸氣都做不到，只能留一口鬱氣堵在心口。

當人處在臨界狀態時，很容易被別人輕如稻草的一句話壓倒。

此刻她便有一種無力感，迫使她面對現實。

沒有人在唱衰，希望就是很渺茫。

沒等到她的下文，顧尋追問：「而是什麼？」

「算了，沒什麼，我去忙了。」

岳千靈搖搖頭，打算離開。

剛邁了一步，顧尋突然把她拉進懷裡，抬手撫平她有些淩亂的髮絲。

「相信我。」

在他克制的擁抱裡，岳千靈貼著他的胸膛，聽見他強有力的心跳聲。

有些人的一句話像稻草一般壓垮駱駝，而有人的一句話卻像深井裡的繩索能找見光明。

比如此刻，岳千靈腦海裡只迴盪著一個想法。

——相信他。

江城的陰雨纏綿了近半個月，岳千靈在天昏地暗中抬頭，發現路邊的樹葉不知在什麼時候悄然枯黃，簌簌掉落。

但天不會一直陰沉，任何谷底也會迎來觸底反彈的那一天。

當冬日裡第一個豔陽天出現時，宿正回來了。

他揹著雙肩包進來時甚至沒有被發現，所有人都在埋頭苦幹，鍵盤敲擊聲與交談聲充斥著整個辦公區。

一個新來的助理妹妹抱著墨盒匆匆忙忙地往印表機跑去，不小心撞到宿正，墨水匣霹里啪啦砸了一地。

即便發生這樣的動靜，辦公區裡也沒有人抬頭。

直到宿正彎腰幫忙撿起墨水匣，輕聲問道：「沒撞疼妳吧？」

女生不認識眼前這個人，茫然地搖了搖頭，隨後發現所有人的目光都聚集到她這裡。

現場一反嘈雜，陷入鴉雀無聲中。

岳千靈原本在和3D建模師討論畫稿，此時也不可置信地看著宿正。

片刻後，她一個字一個字往外蹦：「你、回、來、了！」

宿正笑，「是啊，我想來想去還是覺得我不能在這個時候離開。」

話音一落，全場譁然，宿正迅速被老同事們包圍起來。

有罵他的，有笑的，還有一個策劃女同事抱著他哭了起來。

十幾分鐘後他才突出重圍，呼吸一口新鮮空氣，朝自己原本的辦公室走去。

自從他走後，還沒招到新的策劃，那間辦公室也原封不動。

經過岳千靈身邊時，她問：「那你爸爸呢？」

「昨天出院了。」宿正停下腳步，「老頭子站都站不起來，還拿著棍子非要把我趕回來，說我丟了這麼高薪的工作以後上哪找錢讓他住ICU。」

他說著話的時候明明在笑，卻讓人聽得想哭。

岳千靈明明不是一個矯情的人，這時也感覺鼻尖一酸。

她點點頭，沒再說什麼。

卻是第一次在工作中產生一種並肩作戰的感覺。

這時，顧尋和易鴻也從辦公室出來了。

他們看見宿正，皆是一愣。

宿正顯得比較輕鬆，走過去撥了撥易鴻的黑髮。

「怎麼回事，說好一起到白頭，你卻偷偷焗了油？」

剛剛染了黑髮的易鴻跟啞巴了似的，「你、你、你」半天說不出一句完整的話。

宿正轉頭，看向顧尋。

「雖然我的作用不大，但是——」他抬手握拳碰了碰顧尋的肩膀，「加油。」

當宿正得知三個主開發跳槽後，徹夜難眠了三個夜晚，每當閉上眼，腦子裡便嗡嗡作響，渾身上下每一個細胞都在叫囂。

讓他回去，回到他堅守了八百個日夜的戰場。

其實他也知道自己一個人的力量並不能扛起整個大旗，但他還是毅然決定回來。

然而他不知道的時，即便他只是一道微弱的光芒，依然能點燃這一片黑夜。

風雨晦暝的黎明前，啟明星雖不如太陽，但它一定能引來天亮。

自他歸來，整個第九事業部像打了雞血一般，龜裂的大地迅速回春，枯木開出綠葉，所有進度都在瘋狂前進。

岳千靈第一次達到了和顧尋統一的作息，每天忙得暈頭轉向，回到家裡沾枕頭就睡，常常連父母的電話都沒時間接，搞得她爸媽以為她被賣進傳銷組織了。組織頭子可能姓顧。

這些日子岳千靈對時間的度量也從「年、月、日」變成了每一步進度的推進，漫漫冬日裡，她渾然不覺時光的流逝。

直到一天早上，她忙裡偷閒看了手機一眼，發現鞠雲珍傳了一則訊息給她。

媽：『寶貝，今天是妳的二十二歲生日，媽媽祝妳天天開心，無憂無慮。』

看見這句話的一瞬間，岳千靈才恍然想起今天竟然是她的生日。

這麼多年來，她第一次忙到忘記這個日子。

回過神，她連忙回覆。

糯米小麻花：『謝謝媽媽，愛妳啾——』

媽：『顧尋今天有陪妳過生日嗎？』

岳千靈一愣，回頭看向身後的會議室。

顧尋和易鴻正坐在桌前面色嚴肅地看著投影幕，架構師則拿著紅外線筆眉飛色舞地說著什麼。

糯米小麻花：『當然有啊，晚上我們要去吃大餐。』

媽：『那你們好好玩。』

放下手機，岳千靈撐著下巴嘆了口氣。

連她本人都不記得自己的生日了，何況處於漩渦中心的顧尋。

她也不想在這個時候非要大費周章地去過生日，有這個時間，還不如讓顧尋多休息一下。

可今天畢竟是她和顧尋在一起之後過的第一個生日，就這麼無聲無息地度過了，心裡總會有些遺憾。

「唉……」她拿起麥克筆在草稿紙上畫了個小蛋糕，「祝我生日快樂。」

晚上八點，岳千靈被衛翰叫進辦公室。

她每到這個時間就有點睏，習慣性地打了個哈欠，衛翰便說道：「這幾天沒睡好？」

「還行。」岳千靈揉了揉眼睛，「找我有什麼事嗎？」

衛翰把電腦螢幕調轉方向對著岳千靈，皺著眉說：「看看妳今天提交的稿子，角色動態有點小問題，倒也不嚴重，主要是這個構圖是不是有點失誤？把想策劃想表達的內容完整表達出來嗎？妳看看這個人物，已經弱化得快要融入場景了。」

岳千靈的手僵在半空中，怔怔地看著螢幕上她剛提交的稿子。

衛翰：「所以我剛剛問妳是不是最近太累了，沒跟妳寒暄，這個狀態是真的不行，這稿子完全不是妳的水準啊岳千靈！」

岳千靈垂下眼，端端正正認錯。

「我知道了，我這就回去重畫。」

見狀，衛翰意識到自己的話說得有些重，便說道：「算了，我也是最近壓力太大了，妳別太放在心上。」

他撐著桌子呼了一口氣，「我知道妳這幾天很累，今天就早點回去吧，好好睡一覺，找好狀態再繼續。」

沉默片刻後，岳千靈點頭。

「好，我明天一定改好。」

走出衛翰辦公室時，岳千靈垂著腦袋，活像一隻垂頭喪氣的小鵪鶉。

畫師這個圈子其實有很多規矩，正常不會這樣直接罵人，並且岳千靈的問題也沒有嚴重到超出正常的地步。

她也知道衛翰只是最近壓力太大了才會出現這種情況。

但即便如此，她還是難免會沮喪。

不僅是懊悔自己的失誤，還擔心拖累整個專案的進度。

收拾好東西，岳千靈喝一口熱水，傳訊息給顧尋。

糯米小麻花：『我忙完了，先回去了。』

校草：『好，路上注意安全，到了跟我說一聲。』

岳千靈的手指在鍵盤上停頓片刻，還想說點什麼。

但想了想還是算了。

她拎上包悶悶不樂地走出去。

剛走到電梯前，陳茵在遠處喊了她一聲，然後提著一個袋子朝她走來。

「要走了啊？」

岳千靈點頭：「妳還沒下班？」

「今天加班呢。」說完，她把手裡的袋子遞給岳千靈，「喏，妳的生日禮物，生日快樂。」

「生日禮物？」岳千靈詫異地看向那個禮品袋，「給我的？」

陳茵：「對，代表公司送給妳的禮物。」

這麼一說，岳千靈就理解了。

作為人資，陳茵知道她的生日不奇怪。

只是她去年沒有收過禮物，今年卻有了。

難道這又是第九事業部的特殊待遇？

「謝謝！」岳千靈看袋子上的HC互娛標誌一眼，開心的收下，「裡面是什麼啊？」

「回去再看。」陳茵拍拍她的肩，「我先回去繼續忙了。」

第一次收到公司的禮物，岳千靈剛進電梯就迫不及待地拆開包裝。

她以為裡面多半是馬克杯或者耳機之類的小東西，沒想到竟然是一個西格莉德的手辦。

她睜大了眼睛，一遍又一遍地細看這個手辦。

製作也太精細了吧，不僅色彩完全還原了畫稿，連睫毛都根根清晰可見，這要花多少錢啊！

看來第九事業部果然是老闆的親兒子，不僅出手闊綽，還貼心的為她訂製了對她有非凡意義的西格莉德。

走出電梯，岳千靈還愛不釋手地捧著手辦，直到看見一樓大廳來來往往的行人，她才小心翼翼地把東西重新放回禮品盒裡。

出來後，她沒有直接去地鐵站，而是朝旁邊的甜點店走去。

由於這段時間人人都在爭分奪秒，岳千靈為了省時間，每天晚上都會來這裡買一些牛奶麵包作為她和顧尋的早餐。

今天下班早，甜點店裡還有不少人在買東西，岳千靈輕車熟路地拿上東西便去結帳。

收銀員拿識讀器掃了一下她的會員條碼完成扣款，拿袋子裝好她買的東西，隨後彎腰從櫃子裡拿出一盒巧克力。

「今天是您的生日，這是我們贈送給會員的小禮物。」

岳千靈雙眼倏地一亮，「這麼好？」

現在甜點店的客戶待遇也太好了吧！

店員把巧克力塞進袋子裡遞給她，笑著說：「生日快樂。」

岳千靈接過袋子，笑出兩個酒窩。

「謝謝！」

因為生活中這點小驚喜，挨罵的那點不開心已經完全消失，腳步輕快地走向地鐵站。

十幾分鐘後，她從地下通道出來，看著路邊雜亂的小攤販都覺得親切可愛了起來。

眼看著快要到社區門口了，她低下頭，把手伸進包裡找門禁卡。

這時，一個陌生的女聲在她身前響起。

「美女！美女！」

岳千靈抬頭，愕然看著眼前的女人。

這個人她見過，平時經常在附近賣花。此時她抱著一個空蕩蕩的桶子，裡面只剩一小束包裝精緻的玫瑰花。

岳千靈：「叫我嗎？」

女人點頭，把那一小束花拿了出來。

見狀，岳千靈連忙說：「我不買花的。」

「不是要妳買，是送給妳的。」女人搖頭道，「今天好冷，我想早點收攤回家，只剩這一束了，乾脆送給妳吧。」

說完，她便把花塞進岳千靈懷裡。

猝不及防收了一束花，岳千靈愣了片刻才開口：「這不好吧，我要不要給妳錢。」

「不用！」女人轉頭就走，「我收攤回家了！」

岳千靈呆呆地看了她的背影好一陣子，才低頭聞了聞花香。

她其實沒有什麼細膩的心思，也不算是一個很會生活的人。

但在生日這天收到路人送的玫瑰花，足以讓她感覺到生活中的小浪漫。

她想，很久很久以後她也會記得這一天。

在她忘記了自己生日的這一天，竟然收到了這麼多意外的驚喜。

這些連點頭之交都算不上的人，讓她感覺自己是這麼幸運的一個人。

這份喜悅從心底慢慢發芽，一點點地彌補了今天的遺憾。

不過從電梯出來那一刻，聲控燈亮起，岳千靈突然腳步一頓。

每件事看起來都只是小事，可是連在一起，會不會太巧了點？

她低頭看著自己手裡拎著的兩個袋子和那束玫瑰，突然想到什麼。

會不會是……

帶著這份期待，她緊張地按開密碼鎖，握住門把的那一刻聽到自己的心跳聲在加速。

閉眼深呼吸一口，岳千靈終於推開門。

然而客廳裡和今早離開的時候無異，沒有驚喜，也沒有顧尋。

但她心裡還抱有一絲僥倖，不甘心地打開燈朝飯廳和廚房看去。

結果一樣。

唉。

看來是她想多了。

顧尋最近忙成這樣，怎麼可能有精力給她這樣的連環生日驚喜。

她長呼了一口氣，看向手裡那些東西。

沒關係。

她自顧自地笑了笑。

那麼這些小禮物純粹是意外之喜，也足夠她高興一整個晚上。

走到沙發放下東西後，岳千靈揉了揉脖子，準備去換衣服洗澡。

剛推開房間門的瞬間，客廳裡的燈突然滅了。

整個房子陷入黑暗，顯得房間裡的光亮格外顯眼。

岳千靈愣在原地，此時卻不是害怕，而是感覺到什麼。

她的手僵握在門把手上，動了動，澈底將門推開。

隨後，星空一般的光亮出現在她眼前。

她不可置信地看著房間裡閃閃發亮的星星燈，一顆連著一顆，串起了她今天的所有驚喜。

她一動也不動地站著，只有視線緩緩移動，看見擺在書桌上的蛋糕。

在這一刻，腳下的地板似乎也變成了柔軟的雲朵，將岳千靈托到恍若夢境的半空中。

一切的不真實，都是真實。

半晌後，岳千靈依然沒有回過神，卻被某種感應牽扯著回頭。

影影綽綽的星星光影中，她看見顧尋站在玄關旁，眼裡映著繁星點點。

「生日快樂，寶貝。」

岳千靈一直認為自己是個不矯情的人。

但聽到這句話，還是很不爭氣地落下眼淚。

後來岳千靈回想起這個生日，銘記於心的不是看到星星燈和蛋糕那一刻的驚喜。

而是她一路歸家所遇到的浪漫。

她想要的生日蛋糕、禮物、玫瑰花和巧克力全都有了。

雖然不是全由他的手送出，可是他把愛意分配給身邊每一個平平無奇的人。讓岳千靈感覺到自己是一個幸運的人，感覺到全世界都在愛她。

眼淚落下的那一瞬間，她緊緊盯著他，目光描摹著他的輪廓，終於意識到自以為的不矯情，只是沒有遇到一個讓她在生日落淚的人。

熱情擁吻的時候想永遠年輕，而此刻，她只想一夜白頭。

這一晚是岳千靈和顧尋這段時間唯一的喘息。

他們在家裡笨拙地做了一頓晚餐，把廚房搞得一團亂。吃完後又硬撐著吃了蛋糕，隨後依偎在沙發上看無聊的電影。

岳千靈不記得電影講了什麼，也不知道自己是什麼時候睡著的。

第二天早上，她從顧尋懷裡醒來，看著窗外依然漆黑的黎明，卻感覺渾身都充滿了力氣。被衛翰罵的沮喪一掃而光，即便前方是無邊無際的深海，只要有顧尋在身邊，她也感覺自己能游到盡頭。

並且此時的情況也並不如先前糟糕。

於顧尋而言，最艱難的引擎開發已經看見希望的曙光，而岳千靈需要做的無非是加快效率以供應整體畫面效果的呈現。

這段時間他們的生活兩點一線，全天幾乎有十八個小時待在公司，家於他們而言不過是個睡覺的地方，就連跨年夜也變成了一個普普通通的日子。

特別是易鴻，別人是消瘦，他卻肉眼可見地過勞肥，只要雙手有空就不停地吃東西以排解壓力。

當進度開始一步步逼近到原先的時間進度表後，老闆的心稍微沉了沉，也怕大家撐不住，便讓所有人今晚都好好休息。

大家想的都是終於能回家好好睡一覺，只有易鴻想找個地方大吃一頓。

而他見顧尋和岳千靈都瘦了，死活要請他們吃飯。

雖然他說得一把鼻涕一把淚，但岳千靈和顧尋都知道他只是害怕自己一個人點不了多少菜。

不過看破不說破，他們還是陪著他去了。

公司樓下的餐廳已經吃膩，他們去了稍遠的一個商圈，找了一個看起來客人很多的中餐廳。

當易鴻點到第十道菜時，岳千靈攔住他讓他克制一下，怕吃不完浪費。

但易鴻不肯，他說就算擺著也好看，畢竟已經很久沒有正常地坐在餐桌上吃飯了，現在他的鍵盤裡面都掉了不少米粒。

岳千靈只好由他去，沒想到這家店味道確實不錯，最後他們也沒剩多少。

離開時，餐廳裡依然人滿為患。

易鴻走在最前面，岳千靈則跟在顧尋身後，有他牽著，她就肆意地埋頭看手機。

結果沒走幾步，前面的人突然停了下來，岳千靈猝不及防撞到顧尋的背。

「怎——」話沒說完，她順著易鴻和顧尋的目光看去，在旁邊的餐桌上看見一個熟悉的背影。

如果她沒記錯的話，他就是那跳槽的三個主開發之一，車嘉佑。

岳千靈和他並不熟，但從易鴻和顧尋的眼神中能確定這一點。

而此時，車嘉佑正和一桌人喝著酒侃侃而談。

他的聲音並不小，稍微注意一下就能聽到他的說話內容。

「他們原計劃在大年三十那天推出實機演示 demo，我當時就說了不可能，根本來不及，現在好了，開發只有一個顧尋一個易鴻，其他都是廢物，能成什麼事啊，我看大年三十一才搞得出來。」

「那何暢就是個傻子，一個女人什麼都不懂，以為自己玩了幾年遊戲就能做遊戲了？還成天頤氣指使的，真的以為自己有幾個臭錢就了不起了？」

這還是岳千靈回過神時聽到的內容，在這之前易鴻和顧尋聽到什麼她並不知道，只看見易鴻的太陽穴青筋突起。

下一秒，易鴻握著拳頭衝了過去。

還好顧尋反應夠快，在易鴻拳頭揮到車嘉佑頭上之前拉住了他。

但這個動靜並不小，車嘉佑立刻轉過頭，在看見顧尋和易鴻的那一剎那神情僵住。

片刻後，他極不自然地轉了回去，當作什麼都沒看見。

其實易鴻平時是一個很好說話的人，別說發脾氣了，岳千靈從沒見他黑過臉。

但他面對車嘉佑，如同一個戰士。

面對的不是仇人，而是倒戈的叛軍。

此時他囿於教養不至於再動手，但那張嘴是誰都攔不住了。

「人家的臭錢好歹是自己賺來的，總比有些人為了點錢連臉都不要了。」

車嘉佑的肩膀抖了抖，像是在忍。

但最後還是沒忍住，他回過身來，臉上不知是因為生氣還是喝了酒變得漲紅。

「你們這種人說好聽點是單純，說難聽點就是蠢，還蠢而不自知。」

「但凡你們清醒一點都能知道何暢一個女人能做出什麼東西？什麼都不懂還成天覺得自

己很厲害，你們跟著她能有什麼好結果？」

「現在累吧？苦吧？有錢不知道賺吧？這都是自找的！」

「你也別用那種眼神看著我，我今天就把話撂這了，你們跟著何暢能做出東西來，我車嘉佑給你來個倒立走路！」

眼看著易鴻又要衝上去了，顧尋再次拉住他，拽著他往外走。

邁步時，卻不忘回頭看車嘉佑一眼。

「好，那你記得養點頭髮，頭皮這麼光亮，到時候別打滑。」

「你他媽狂——」車嘉佑還沒罵完，餘光卻瞥見岳千靈一臉星星眼地看著顧尋，而後還不忘轉頭對他嘟著嘴聳肩，那表情彷彿在說「我男朋友就是好狂妄我好喜歡哦真的好帥哦。」

在車嘉佑氣急敗壞的瞬間，顧尋便一手拽著易鴻，一手牽著岳千靈離開。

當天晚上，易鴻把這件事告訴了第九事業部的所有人。

大家自然同仇敵愾，甚至有人說不休息了立刻就要回去加班。

不過岳千靈到最後也不知道那人到底有沒有回去加班，總之她第二天早上到公司時，感覺四周的氣氛比之前還要凝重。

只是到了這個時候，凝重歸凝重，大家的心情不像之前那般焦躁，頭頂壓著的烏雲正在一點點驅散。

俯仰之間，隆冬終於到來。

時間進度表一格格地往前邁，終於追趕上原計劃。

那天晚上有一群人靜靜地站在時間進度表前，神情各異，目光卻統一向前。

岳千靈不知道他們在想什麼，但她卻第一次在工作中感受到了「感動」這種情緒。

她終於理解了宿正為什麼會在父親傷病時依然選擇回來，也明白這群人為什麼把電子遊戲虔誠地奉為第九藝術。

有人說過，把事情做對是科學，把事情做好才是藝術。

直到這一刻，岳千靈才感覺到自己已經徹底融入他們。

被他們所感染，追求的不再是完成任務，而是將落下的每一筆都盡全力發揮到極致。

在年紀很小的時候，岳千靈翻著她爸爸的書，看見裡面有一句話。

——「人來這世上一趟，總要留下一點東西證明你來過這個世界。」

那時候的岳千靈說她要成為舉世聞名的大畫家。

可是知道大多數畫家在生前都食不果腹時，她馬不停蹄地踹掉了這個想法。

而現在，她似乎又回到了那個童言無忌的小時候，找到了真正想要留下她標記的東西。

站了許久，岳千靈回頭，發現顧尋也在不遠處的會議室裡看她。

目光相接的那一刻，他斜靠在椅子裡，朝左偏著頭，右臂抬起，拇指指了一下自己的脖子。

他沒說話，但岳千靈卻從他這個看起來有點狂妄的動作中接收到他的意思。

嗯，相信你果然沒錯。

今年春節來得比較晚，大年三十晚上，寒風蕭瑟。地鐵空無一人，路上車輛稀少，更是不見行人蹤影。

燈火亮在團圓的家裡，市中心的辦公大樓每年只有今天會如此大規模的陷入黑暗中。

但HC互娛的頂樓依然燈火通明，亮如白晝。

當《貝克行星》實機操作演示 demo 定時統一上傳到各個平臺時，沒有出現岳千靈想像中的歡呼聲。

大家只是一動也不動地站著，圍著那臺電腦，目光沉沉，四周陷入一片落針可辨的安靜中。

直到易鴻回過神，一聲大喊劃破長空。

「都愣著幹什麼？給我嗨起來啊！」

下一秒，歡呼雀躍終於姍姍來遲。

眾人如潮水一般擁向易鴻，把他高舉著拋向空中。

岳千靈被擠得趔趄了一下，隨後被一隻溫熱的手拉到後面，避開這群瘋子。

她看著他們誇張搞笑的慶祝動作，笑得前仰後合。

其實所有人都知道實機演示demo只是一個階段性成果，前路還未可知。

多少前人跨過了這一步，卻敗在臨門一腳的進程裡。

他們也不知道從這一步到遊戲正式發表還要歷經多少磨難，耗費多少時間。

或許兩、三年，或許五、六年，或許窮極一生，一切都還是未知。

但這一刻，熱血永恆。

喧鬧之後，岳千靈突然想起什麼，回頭問顧尋：「你的手機呢？借我用一下。」

顧尋沒問她要幹什麼，直接把手機掏給她。

岳千靈按開密碼鎖，翻開連絡人清單，找到「車嘉佑」這個名字。

她的手指懸在按鍵上空一公分的地方，抬頭看向顧尋。

顧尋手插在口袋裡，也不知道在想什麼，別開臉笑了一下，才朝她抬了抬下巴。

於是岳千靈打出這通電話。

幾秒後，對面接通，卻沒有說話。

岳千靈也沒有說話。

沉默片刻後，對方煩了。

『怎麼，來炫耀的嗎？』

「不是呀。」

當岳千靈的聲音響起時，即便看不見他的臉，也能想像到他此刻的一頭霧水。

畢竟這個溫柔甜美的女聲對他來說是陌生的，並不知此時的通話有什麼意思。

下一秒，岳千靈笑咪咪地說：「就是想問問你什麼時候表演倒立行走？現場直播嗎？」

忙音響起的前一刻，岳千靈拔高音調：「欸別掛啊！要不然錄個影片也行！我不挑的！」

聽見聲音，老闆回過頭問岳千靈：「妳幹什麼呢？」

岳千靈把手機藏到背後，笑著搖頭：「沒什麼，想著要不要聯絡一個耍雜技的給大家助興。」

老闆呵笑，隨即轉頭拍拍手，吸引了所有人的注意力。

「大家回家過年吧！」

岳千靈長這麼大第一次錯過家裡的年夜飯。

初一早上，顧尋送她去高鐵站。

這個時候趕回家的人依然不少，候車廳裡人山人海，吵鬧不堪。

顧尋把行李箱遞給她，低聲道：「進去吧，時間不早了。」

岳千靈雖然伸手接過了行李箱拉杆，卻遲遲不動。

她看了等候區的人群一眼，低著頭嘀咕道：「裡面好擠，等要上車了再進去吧。」

「安檢要排隊，妳別到時候趕不上。」顧尋笑了笑，「那就只能跟我回家了。」

岳千靈看他一眼，沒再說什麼，拉著行李箱慢吞吞地朝入口走去。

其實她只是有些念念不捨而已。

同時又很想爸媽，所以才想在僅剩的時間裡多跟他待一下。

誰知道臭直男這麼不解風情。

進入等候區後，黑壓壓的人群擋住所有視線，岳千靈看不見顧尋的身影後，只能找個空地站著。

距離檢票還有十幾分鐘，她百無聊賴地拿出手機想傳訊息給顧尋。

但是一想到他剛剛催她的模樣，頓時又不想理他了。

於是她打開工作群組，繼續看同事們傳來的 demo 發表後的各界迴響。

才過去一晚上，就有數不清的遊戲專家就這個 demo 寫了分析長文，占滿各大遊戲討論論壇。

岳千靈看得出神，螢幕頂端突然彈出一則新訊息。

她勾了勾唇角，立刻打開，失望地發現不是顧尋傳來的。

黃婕：『對了，這兩天忙著過年忘了跟妳說一個消息。』

糯米小麻花：『？』

黃婕：『尹琴她拿N+1走人了！』

糯米小麻花：『＝。＝』

黃婕：『那天她搬東西走的時候表情可精彩了，實習生問她為什麼要走，她說她離職了，要去親戚開的公司工作哈哈哈哈哈，我還想說她什麼時候有這麼厲害的親戚了，結果沒多久我去問陳茵才知道她是被辭退的。』

和黃婕閒聊了一下，廣播提示開始檢票，岳千靈連忙拖著行李箱朝檢票口走去。

站到手扶梯上，岳千靈的手機又震動幾下，不過她以為又是黃婕，便沒拿出來看。

到了高鐵上，她放置好行李箱，把座位調整到舒服的角度後，才拿出手機。

打開一看，她哼笑一聲。

校草：『上車了嗎？』

糯米小麻花：『上天了。』

校草：『行。』

校草：『今天青安是大太陽，飛的時候小心點，別被烤成香辣雞翅。』

糯米小麻花：『你像有那個病病。』

校草：『給我地址。』

糯米小麻花：『？』

校草：『前幾天太忙，今天空了補寄一個新年禮物給妳。』

糯米小麻花：『嘻嘻。』

糯米小麻花：『好。』

校草：『妳再敢給我派出所地址，就留在青安別回江城了。』

校草：『不然讓妳在床上躺上好幾天。』

不太清楚他這話到底是暴力威脅還是黃色威脅，岳千靈也不敢問，老老實實地傳了自己家地址給他，並精確到了門牌號碼。

這樣一來，她這個假期便多了一個期待。

回到家裡的日子和往年春節沒什麼不同，不過岳千靈爸媽專門為她補了一頓年夜飯。

桌上，鞠雲珍一邊夾菜給她一邊問道：「顧尋沒跟妳一起回來？」

岳千靈嘴裡嚼著菜，含糊不清地說：「人家也要回去陪媽媽過年，而且這段時間他太累了，別麻煩了，以後再說吧，急什麼急。」

鞠雲珍還想說什麼，岳文斌連忙打斷她，「妳操這麼多心幹什麼，妳跟他媽媽昨天不是還打過電話嘛，又不是沒見過。」

鞠雲珍這才努努嘴，沒再繼續這個話題。

初二岳千靈便跟著爸媽去舅舅家拜年，帶著小侄子玩了一個下午的捉迷藏。到了晚上，她以為有時間可以跟顧尋一起打遊戲了，結果姑姑又帶著女兒上門，讓她教她畫畫。

忙碌了一整天，到了初三，岳千靈一起床就開始翹首以盼。

如果顧尋給她的新年禮物是用快遞寄來的，今天也該到了。

於是一整個上午，岳千靈坐在沙發陪她爸媽看電視，心思卻一直在手機上。

可惜直到中午十二點，廚房裡的飯菜香已經傳了出來，岳千靈依然沒有接到快遞電話。

期望越大，失望也就越大。

她頻頻打開顧尋的聊天室想說點什麼，最後只是直接起身去了陽臺。

家裡的陽臺是露天的，正好能曬到初春的暖陽。

岳千靈靠在欄杆上，撥通了顧尋的電話。

很快，對面接起。

『怎麼了？』

岳千靈盯著對面住戶的窗子，悶悶不樂地說：「沒事就不能打電話給你嗎？」

『不是到吃飯時間了嗎。』顧尋不緊不慢地說，『還沒吃飯嗎？』

「等一下就吃了。」岳千靈伸手揪著身邊綠植的小葉子，聲音聽起來有點不高興，「我的新年禮物呢？還沒到啊？」

『快到了。』

「好吧。」

說完這句，岳千靈便沒再繼續開口。

她低著頭，不好意思說出心中想的那句話。

顧尋隔著手機聽出她的欲言又止，也沒催，兩人靜靜地聽著對方的呼吸聲。

片刻後，岳千靈還是支支吾吾地說道：「顧尋，那個……」

『嗯，我在聽。』

「就是……」岳千靈垂眼，睫毛撲閃，手指不安分地繞著發梢，正期期艾艾著，她突然聽見隔壁露天陽臺也傳來隱隱約約的說話聲。

那是一道清亮甜美的女聲，此時似乎也在和男朋友講電話。

「明天就參加婚禮啊。」

「我大學的學長。」

「是叫學長啊，怎麼，你大學的時候沒人叫你學長？」

停頓片刻，那道女聲又響起。

「你不要岔開話題，你還沒回答我呢，到底有沒有想我？」

「你冷笑是什麼意思？」

「算了，我不跟你一般見識。」

「不過我還是想告訴你……」

「我好想你啊。」

聽到最後一句話，岳千靈像是被傳染了一樣，輕聲開口：「我好想你。」

電話對面安靜了片刻。

下一秒。

『是嗎？那妳低頭。』

「你搞什——」

話說到一半，岳千靈低下頭，視線裡突然出現一道瘦高身影。

而後，耳邊響起他的話。

『下來簽收妳的新年禮物。』

岳千靈的目光凝滯在那一刻，視線裡的人影逐漸清晰。

他站在那裡，依然穿著他喜歡的黑色飛行員外套，仰頭和她遙遙相望。

幾秒後，岳千靈恍如大夢初醒一般渾身一激靈，然後轉身往客廳跑。

她匆忙的身影穿過父母眼前，奔向玄關，迅速開門。

「欸？妳去哪！吃飯了！」

岳千靈沒有回答，穿著拖鞋就朝電梯跑去，只留給父母一個殘影。

「怎麼了？」

「不知道啊！」

岳父岳母一頭霧水地面面相覷，半晌才回過神，撈起手機要打電話給岳千靈，卻發現她連手機都沒帶。

又等了十幾分鐘還沒見岳千靈回來，這下子更迷茫了。

然而就在他們猶豫著要不要追下去看看情況時，門口突然傳來動靜。

兩人齊齊轉頭看過去。

明亮的門口，岳千靈辦彎著腰探頭和他們對視，臉頰紅紅，也不知道是因為開心還是因為剛剛跑得太快。

總之，鞠雲珍他們都沒有出聲，只是盯著顧尋。

顧尋坦坦蕩蕩地站著，覺得兩位長輩打量得差不多了，沒從他臉上挑出什麼錯，這才開口道：「叔叔阿姨新年好，我來給你們拜年。」

岳文斌還沒反應過來，鞠雲珍卻已經調整好表情，面不改色地用手肘撞他。

「還不去加副碗筷？」

岳千靈爸媽不至於因為顧尋的到來驚訝太久。

至於他為什麼突然出現，他們沒問，心裡清楚。

畢竟誰還沒年輕過。

不過鞠雲珍雖然和顧韻萍是大學同學，但兩人畢竟聯絡甚少，和顧尋更是只見過兩次面，所以當顧尋進屋的那一刻，鞠雲珍以目光審視著他。

在這之前，夫妻倆對顧尋的認知大部分都來源於岳千靈的描述，此刻難得見上面，他們便迫不及待地問東問西，像是在一一證實岳千靈說的都是真的。

岳千靈也確實沒有撒過謊，兩人問了半晌，哪還能對顧尋挑出什麼不滿意的。

飯後，鞠雲珍琢磨著自己下午有牌局，便讓岳千靈帶顧尋出去逛逛，晚上記得回來吃飯就行。

今年正月的天氣比往年都要暖一些，兩人穿得輕便，十指相扣慢慢悠悠地走過青安的大街小巷。

岳千靈其實也不知道帶顧尋去做什麼，只好學著他之前的方式，帶他走過她的小學、國中、高中，和學習美術的畫室。

一路上，她滔滔不絕跟他講著自己印象中的每一件事。

有的東西分明早就埋葬在記憶深處，不知為何今天全都冒了出來。

她時而興奮，時而惋惜，時而手舞足蹈，時而捶胸頓足。

像一個揮墨者，把自己的青春卷軸繪聲繪色地鋪展在顧尋面前。

直到暮色冥冥，岳千靈終於講累了，拉著顧尋走進一家裝潢簡樸的飲料店。

店裡只有三、四張桌子，全都空著，老闆閒得在櫃檯裡打盹。

她點了兩杯飲料，等老闆製作的時候，又習慣性跟顧尋介紹。

「國中時，我每週去畫室都要來這裡買一杯，又便宜又好喝。後來喝到的那些聯鎖店都比不上這家。」

說完沒多久，兩杯飲料擺在他們面前。

顧尋剛把吸管插好遞給岳千靈，便聽到一陣吵鬧聲。

是四、五個高中生模樣的男孩進來了。

他們坐在岳千靈旁邊那桌，僅隔著一公尺寬的走道，從進門那一刻就沒安靜過，飲料也堵不上他們的嘴。

而且他們剛打過球，帶著一身汗味，又吵鬧不堪，岳千靈有些受不了這樣的環境，打算和顧尋離開。

剛拿起飲料，卻聽見那桌男孩的話題一轉，說到了遊戲。

「你們看前天晚上那個《貝克行星》的宣傳片了沒？好屌啊！」

岳千靈的聽力從來沒有這個靈敏過，抓到關鍵字的同時放下手裡的飲料。

她抬頭看顧尋，他也盯著她抬了抬眉梢，兩人就這麼安靜地坐著，光明正大地偷聽別人說話。

「我看了啊，還在傳到班級群組裡，結果被紅包頂上去了。」

「真他媽的屌啊！我光是看個操作影片都感覺到槍械的打擊感了，而且居然連子彈落地的聲音都好他媽真實。」

「人物動作設計也很絕，那個拔槍的動作太酷了我看了好爽。」

「不過我看有人說實際畫面裡的東西肯定不是即時渲染的，多半是為了宣傳做的ＣＧ，你們也別太認真。」

「放他媽的屁，那些傻子懂不懂遊戲啊，沒看有人都捕捉到了子彈飛行時陰影生成延遲的痕跡嗎？這是板上釘釘的實機演示好嗎。」

在他們的吵吵鬧鬧中，顧尋一直沒有說話，只是安靜地聽著。

其實自從《貝克行星》發表 demo 那天晚上起，引起的迴響幾乎是這兩、三年來的業內盛況。

不到四十八小時，除了遊戲玩家的熱議，還有各個遊戲大廠拋來的橄欖枝，以及各個領域的空前關注。

但這些資本的欣賞，遠不如親耳聽到普通玩家的誇讚來得真實。

那邊有個人又說：「官方有沒有說什麼時候能正式發表啊？我已經無聊很久了，總不會再等個三、五年吧？」

顧尋在自己桌上低聲接話。

「誰知道呢。」

「是啊。」岳千靈轉頭，把顧尋話裡的意思轉達給那群小孩，「管它三年還是五年，那一天一定會來。」

「……」

那幾個人轉頭看著岳千靈和顧尋，或許是覺得他們奇奇怪怪的，於是端著飲料竊竊私語地離開了。

飲料店又空蕩了下來。

烏金西墜，餘暉映在顧尋臉上。

岳千靈捧著下巴看著他，感覺眼前這個少年好像永遠都是這樣金光閃閃的。

「你開心嗎？」她問。

顧尋漫不經心地說：「當然開心啊。」

岳千靈轉而撐著太陽穴，偏頭看著他。

「幸好你當時撐住了，現在想想很值得吧？有了它，你的所有努力都有人見證，未來的日子也有了明確目標。」

她伸手戳了戳顧尋的胸口，「這多幸運啊，好多人一輩子都沒有到達過這種狀態，好好珍惜你的第九藝術。」

夕陽光束灑在兩人之間，顧尋的眸子被映成了淡淡的湖泊色，當他垂眼看向岳千靈時，眼神越過光束，虔誠而又清澈。

「照妳這麼形容，」他說，「妳才是我的第九藝術。」

——《別對我動心》正文完——

番外一

岳千靈回到家裡的時候，秋風正把綠植盆栽裡最後一片綠葉帶走。

她看著光禿禿的枝幹發了一下呆，本想掛點小鈴鐺上去點綴些色彩，但這個想法只在腦海裡停留了兩秒，就因一個大大的哈欠而打消。

又是一年夏去秋來，岳千靈一如既往地開始犯睏，在沙發上坐了一下便不知不覺睡了過去。

直到一陣手機震動聲把她吵醒。

印雪：『今天幹什麼呢？』

糯米小麻花：『保養大腦。』

印雪：『？』

糯米小麻花：『發呆。』

印雪：『……』

印雪：『吃火鍋？』

糯米小麻花：『不想吃火鍋。』

印雪：『那吃烤肉？』

糯米小麻花：『不吃，好油膩。』

印雪：『那日本料理吧！』

糯米小麻花：『不想吃生的。』
印雪：『那妳到底想吃什麼？』
岳千靈懶洋洋地躺在沙發上，翹著二郎腿，用一根手指慢吞吞地戳鍵盤。
糯米小麻花：『酸菜魚。』
糯米小麻花：『酸辣湯。』
糯米小麻花：『醋溜白菜。』
印雪：『怎麼全是酸的。』
糯米小麻花：『最近沒胃口，我連吃三天酸菜魚了，只有這些能開胃。』
印雪不知道去做什麼了，沒再回她訊息，取而代之的是方清清傳來的網址。
方清清：『今天衛生棉打折，四捨五入就是不要錢啊，姐妹們衝啊！』
糯米小麻花：『不了，之前囤的還沒用完。』
糯米小麻花：『老天爺為了讓我省錢，上個月都沒讓我見到姨媽。』
這時候印雪冷不防冒泡。
印雪：『妳確定老天爺是為了讓妳省錢？』
印雪：『而不是天賜妳一子？』
岳千靈把這兩句話看了三次，手機突然砸到臉上，伴隨著她的「嗷嗷」叫，手機滾落，不偏不倚地砸到桌角上。

鼻樑上的疼痛還沒緩解，岳千靈顫顫悠悠地起身撿起手機，果然見螢幕碎了一大片。

她含淚看著印雪發出的靈魂質問，半晌不知道該回什麼，腦子裡像有千萬隻蜜蜂同時在嗚叫。

幾分鐘過去。

印雪：『人呢？』

糯米小麻花：『剛剛被嚇得手機都摔壞了。』

印雪：『看來肚子裡還是個不省心的。』

糯米小麻花：『……』

在沙發上呆坐兩分鐘後，岳千靈丟下手機拔腿就朝洗手間跑去。

記得去年耶誕節時，她發現自己莫名其妙長胖了不少，再注意到月經竟也推遲了一週時，「懷孕」這個熟悉又陌生的詞彙像煙火一般在她腦海裡引爆，炸得她六神無主。好在當時她剛買回驗孕試紙，還沒來得及用上，生理期便大駕光臨，可算讓她鬆了一口氣。

岳千靈沒想到這個試紙這麼快又派上了用場，當她把它從洗手間的洗漱櫃裡掏出來時，深深吸了一口氣，才鼓起勇氣拆開包裝紙。

二十分鐘後，江城體育中心。

中場休息的顧尋接過朋友扔過來的礦泉水，沒急著喝，而是習慣性的去場邊撈起手機看一眼。

七、八個未接電話，全來自同一個人。

顧尋眉頭輕皺，正想回撥的時候一通電話又打了過來。

他接起時，還在重重喘氣。

「怎麼了？」

『你現在快回來。』

不知是不是體育場環境太嘈雜，顧尋總覺得岳千靈的聲音有些顫抖。

他立刻拎起自己的東西，一邊朝出口走，一邊問道：「怎麼了？」

『我……』岳千靈剛說了一個字就通過手機聽到有幾個人在喊顧尋，她默了默，語氣突然扭捏了起來，『你先回來我再跟你說。』

聽這個情況應該不是什麼安全問題，顧尋便沒再追問，跟朋友們說了聲他有事便離開了體育中心。

這個時間點恰逢塞車，顧尋花了四十分鐘才到家。

此時夜幕已經降臨，屋裡沒開燈，氤氳的的夕陽光影透過窗簾縹緲地映在客廳裡。

聽到開門聲，岳千靈也沒回頭，像一座雕塑一般坐在沙發上。

顧尋疑惑地看著她的背影，不輕不重地走過去，「妳怎——」

當他的目光不經意觸及到岳千靈面前的茶几上時，說到一半的話突然卡在喉嚨裡。

在如此昏暗的環境裡，試紙上一深一淺的兩道杠格外顯眼。

客廳突然安靜到落針可辨。

岳千靈花了一個小時來消化這件事，心情稍微平靜，但雙眼卻憤憤地等著顧尋。

「你自己說，你是不是……」岳千靈目光微閃，低下頭的同時聲音也變小，「有哪次沒戴？」

「不可能。」比起岳千靈在說這種事情時候的羞赧，顧尋則像在討論晚飯吃什麼一樣平常，「這段時間不是都是妳幫我戴的？」

岳千靈：「……」

心知現在不是臉紅的時候，她別開頭，對著窗戶說話，「那你是不是中途摘了？」

顧尋氣笑，「我在妳眼裡是這種人？」

他看不見岳千靈的眼神，只聽她嘀咕道：「那種時候你也算不上人。」

具體操作暫且不提，總之岳千靈絞盡腦汁也想不出是哪個環節出了意外，抱著枕頭在沙發上像個不倒翁一般搖擺。

「怎麼會這樣呢……難道我們就是那百分之零點一？不應該啊……」

見狀，顧尋按住她的頭，讓她停止搖擺。

「妳別著急，這東西的準確率也不是百分百，明天早上我們去醫院檢查。」

「上午有例會不能請假，看看下午有沒有時間吧……」

岳千靈說完便把頭埋在顧尋胸前，用額頭蹭著他，卻不再說話。

顧尋明白她的欲言又止，揉了揉她的頭髮，將她圈在懷裡低聲問：「雖然我捨不得讓妳做手術，但如果妳不想要，做什麼決定我都支持。」

岳千靈的眼睛突然湧上一股熱意，說不上來是何種情緒在作祟，因為此刻她既害怕，又有點驚喜；明知不應該，卻又有些期待。

靜謐的傍晚，岳千靈就這樣靠在顧尋懷裡沉默了許久，也不知道在想什麼。

直到天色全黑，她終於抬起頭，揉著眼睛打算去洗澡。

剛站起來，她想到什麼，又轉身拍了拍顧尋的肩膀。

「你也別想太多，不要太自責。」

顧尋見她的神色終於輕鬆，便也笑：「嗯？妳還安慰起我了？」

岳千靈：「畢竟孩子的爸也不一定是你。」

顧尋：？

岳千靈打了個哈欠朝房間走去。

「也可能是酸菜魚。」

「……」

第二天一早，第九事業部例會結束後，岳千靈抱著電腦回到自己的座位，拉開椅子正要一屁股坐下去，突然想到自己肚子裡還有一個人——哦不，是一顆受精卵。

於是，她每一個動作都變得很輕。

即便坐了下來也擔心會不會擠壓到哪裡，每隔幾分鐘就調整一下姿勢。

半小時後，旁邊的同事轉頭問她：「妳不舒服？」

岳千靈乾笑兩聲，「是有點不舒服。」

「那妳趁今天比較閒，趕緊去醫院看看吧。」同事關切地湊過來說，「等明天忙起來了也不知道什麼時候才能請假。」

岳千靈恍惚地點點頭，「好，我下午就去。」

另一邊，易鴻遇到一個難以解決的bug，連暴力測試都嘗試過了也沒能解決，便只好去求助顧尋。

可是他找到顧尋時，只見他眉頭緊簇，一隻手抵著下巴，一隻手滑動滑鼠，正專心致志地看著什麼資料。

易鴻在要不要打斷顧尋思緒的猶豫不決中挪到他的身後。

抬頭一看，寬大清晰的電腦螢幕上赫然出現一個育兒網站。

並且該標籤頁還有一個非常醒目的標題──「保姆級教學：新手奶爸必須知道的十件事」。

第九事業部的管理非常扁平化，請假流程也不複雜，甚至有時候只需要跟主管說一聲就行了。

但半個多小時過去了，岳千靈還沒收到衛翰的回覆，便打算直接去找他。

衛翰此時並不在辦公室，岳千靈在他門口等待的幾分鐘裡，隱隱約約感覺到一股不詳的預感。

如果她真的懷孕了，必定跟不上現階段的工作進度，等幾個月產假休回來，想補上空缺更是不可能了。

所以老闆要是知道這個訊息，想必只會覺得恨鐵不成鋼。

思及此，岳千靈莫名打了一個寒顫。

顫慄感還未消失殆盡時，衛翰的身影出現在視野裡。

他低頭看著iPad，腳步匆匆，神色忙碌，到了辦公室門口才發現岳千靈的存在。

兩人目光相接的那一刻，眼神各異。

岳千靈心頭一沉，感覺自己的預感可能要成真了。

下一秒，衛翰便問：「妳是不是懷孕了？」

岳千靈：「……」

她來不及思考，立刻否認：「沒有啊！怎麼可能？我怎麼可能在這種關鍵時刻懷孕？我還有好多工作呢！」

衛翰也沒有太大反應，只是點了點頭。

「那妳就是被綠了。」

番外二

多虧了易鴻那張嘴，短短二十分鐘，整個第九事業部都知道岳千靈懷孕了。

她向衛翰請好假後，直接去了洗手間，兩個正在排隊的女同事看見她進來，默默對視一眼，然後讓開了位置，以一種關愛老弱病殘的眼神看著岳千靈。

「要不然妳先吧。」

岳千靈：「……」

她一時間竟不知道該說什麼才好。

沉默幾秒，岳千靈尷尬一笑，「謝謝。」

上完廁所，岳千靈頂著同事們過度關愛的慈愛目光從洗手間離開。

回座位的這段路她熟得不能再熟，去茶水間倒了一杯果汁便低著頭看手機，沒注意四周的人。

剛走了兩步，突然有個同事躥出來拉了她一把。

「小心臺階！」

岳千靈低頭看了只有十公分高的臺階一眼，又看了殷切的同事一眼，突然覺得手裡的果汁都不甜了。

「謝謝……」

原本打算請好假就和顧尋一起去醫院，此時此刻，她一點都不想跟他同框，否則公司明天大概會傳出他們要買學區房的謠言了吧。

到了四點，岳千靈還是收到了顧尋的訊息。

校草：『我忙完了，什麼時候去醫院？』

岳千靈原本也正準備出去，便草草打了幾句話。

糯米小麻花：『算了，你忙你的，我自己去。』

糯米小麻花：『檢查很快就好，犯不著興師動眾。』

收了手機，剛到樓下，他的電話便來了。

『真的不用我陪妳去？』

岳千靈在他問這話時糾結了幾秒，還是拒絕了。

「不用。」她看了朝這邊駛來的計程車一眼，敷衍地說：「車來了，我先掛了。」

「……」

跟司機報了地址，岳千靈打算睡一下，讓自己緊張的心情變得稍微平靜點。

倏地，手機又是一震。

岳千靈點開一看，是顧尋傳來的定位分享邀請。

糯米小麻花：『幹什麼？』

校草：『看看妳在幹嘛。』

岳千靈低頭笑著，連接了分享。

不過到了醫院後她沒時間注意手機，跟著流程做了各種檢驗以及最重要的血液hcg，一個多小時後，結果出來了。

岳千靈盯著檢驗單看了好一陣子，雖然字都認識，但還是執意問醫生。

「這是確定沒有懷孕的意思嗎？」

醫生看她一眼，淡淡地說：「沒有。」

岳千靈迷迷瞪瞪地愣了一下，「可是我用試紙測出來是兩條線……」

「妳看看妳的試紙是不是品質有問題。」醫生說，「也有可能是過期了或者受潮了。」

回家的路上，岳千靈的思緒依然沒能完全回籠。

懷孕這件事雖然算得上虛驚一場，但確認是烏龍後，卻有一點悵然若失的感覺。

她偏頭靠著車窗，看著路邊飛速倒退的綠植，腦海裡出現許多未來的畫面。

雖然現在還不是時候，但是她想，在不久的將來，她和顧尋應該會有一個可愛的孩子。

他曾經說過他喜歡女兒，其實她也喜歡。

人們說女肖父，他們的女兒肯定會是一個漂亮寶貝。

沉浸在憧憬中，不知不覺到了家。

岳千靈下車時才驚覺自己還沒有告訴顧尋這個消息，她拿出手機，剛打出一行字，突然頓了片刻，隨後全部刪除。

糯米小麻花：『就說怎麼辦吧。』

糯米小麻花：『你要當爸爸了。』

傳出去後，岳千靈慢悠悠地走進社區，想像著顧尋的表情。

不過直到她進了電梯，顧尋也沒回訊息。

岳千靈突然覺得索然無味，逗他的心思都少了一半。

回到家裡，岳千靈換了身睡衣，躺在沙發上打了個電話給顧尋。

等了一陣子他才接起。

『怎麼樣？醫生怎麼說？』

如果岳千靈沒聽錯的話，他說話的聲音竟然有點喘？

這麼緊張的嗎？

「你沒看手機嗎？」岳千靈嘆了口氣才又繼續說，「我懷孕了，你要當爸爸了。」

他不再說話。

岳千靈心情大好，將一隻腿搭在另一隻腿的膝蓋上，盤算著怎麼繼續騙他。

剛琢磨好措辭，家裡的門突然被打開。

岳千靈立刻回頭看過去，顧尋站在門口直勾勾地看著她，雙眼漆黑，額頭上還有汗。

「你去幹什麼了？」岳千靈放下自己的腿，茫然地坐直，「怎麼還出一身汗？」

顧尋依然沒回答，反手關上門後便邁腿朝她走來。

在距離岳千靈兩步遠的地方，他突然停下腳步，深深地看著她。

從進門到現在他便沒有說過話，在冥冥暮色中，岳千靈看著他的眼神，卻感覺到什麼。

果然，下一秒，她眼前的男人便掏出了一個深藍色的絲絨盒。

當盒子遞到她眼前時，顧尋握住她的手，單膝跪了下來。

岳千靈瞬間瞪大雙眼，連呼吸都停滯了。

感覺到她的手在顫抖，顧尋握得更緊。

「本來想多準備一下，但是今天下午在樓上看見妳一個人去醫院，突然覺得不能等了。」他把盒子打開，一枚精緻的鑽戒在昏暗的屋子裡閃閃發亮，「嫁給我，好不好？」

他在求婚。

終於確認了此時正在發生什麼的岳千靈大腦轟然炸開，耳邊卻安靜地只能聽見自己的心跳聲。

一陣子過去。

顧尋晃了晃岳千靈的手，「在嗎？」

岳千靈驟然回神，依然懵懵懂懂地，「啊？什麼？」

顧尋感覺自己的腿有點麻。

「稍微尊重一下正在跟妳求婚的男朋友行嗎？」

「不是，欸……」岳千靈結結巴巴地說，「你快起來快起來，我、我沒懷孕。」

顧尋抬眉，眼裡流露出幾分驚詫。

岳千靈知道玩笑開大了，慌張得不知道要做什麼，而低頭對上他誠摯的眼神，她的心跳得很快，於是用另一隻空著的手捂住眼睛，支支吾吾地說：「檢查結果出來了，我沒懷孕，應該是試紙在洗手間放了太久受潮了。」

說完後，並沒有聽到顧尋的回答。

岳千靈只好慢慢放下自己的手，無奈地說：「我剛剛只是跟你開個玩笑，你快起來，東西收起來。」

但顧尋並沒有鬆開手。

她垂眼，看見顧尋的眸子裡竟然還有幾分失落。

岳千靈沒想到顧尋居然真的想要孩子。

她張了張口，正想說「你還年輕，孩子總會有的」，顧尋就搶先在她之前開口。

「妳沒懷孕就不願意嫁給我嗎？」

岳千靈：「啊？」

顧尋沉沉地看著她，「我就只能父憑子貴？」

當反應過來他在說什麼的時候，岳千靈忍不住噗嗤一聲笑了出來。

顧尋也露出了笑，輕晃她的手，「給不給一個父憑子貴的機會？」

今天的天空餘霞成綺，是江城難得一見的豔麗秋景。

大家都忙著記錄此刻的美景，紛紛在社群曬出自己拍的晚霞。

角度千變萬化，拍出來的照片卻大同小異。

直到岳千靈也加入這個隊伍。

她的晚霞照片跟別人也沒什麼不一樣，只是角落裡不經意露出一隻戴著鑽戒的手而已。

——《別對我動心》番外完——

——《別對我動心》全文完——

高寶書版集團
gobooks.com.tw

YH 110
別對我動心（下）

作　　者　翹 搖
責任編輯　吳培禎
封面設計　Ancy Pi
內頁排版　賴姵均
企　　劃　何嘉雯

發 行 人　朱凱蕾
出　　版　英屬維京群島商高寶國際有限公司台灣分公司
　　　　　Global Group Holdings, Ltd.
地　　址　台北市內湖區洲子街88號3樓
網　　址　gobooks.com.tw
電　　話　(02) 27992788
電　　郵　readers@gobooks.com.tw（讀者服務部）
傳　　真　出版部(02) 27990909　行銷部 (02) 27993088
郵政劃撥　19394552
戶　　名　英屬維京群島商高寶國際有限公司台灣分公司
發　　行　英屬維京群島商高寶國際有限公司台灣分公司
初　　版　2022年10月

本著作物《別對我動心》，作者：翹搖，由北京晉江原創網絡科技有限公司授權出版。

國家圖書館出版品預行編目(CIP)資料

別對我動心/翹搖著. -- 初版. -- 臺北市：英屬維京群島商高寶國際有限公司臺灣分公司, 2022.10
　冊；　公分. --

ISBN 978-986-506-545-4(上冊：平裝). --
ISBN 978-986-506-546-1(中冊：平裝). --
ISBN 978-986-506-547-8(下冊：平裝). --
ISBN 978-986-506-548-5(全套：平裝)

857.7　　111015899